黄伟林 著

历史的静脉

桂林文化城的另一种温故

广西师范大学出版社
GUANGXI NORMAL UNIVERSITY PRESS
·桂林·

图书在版编目（CIP）数据

历史的静脉：桂林文化城的另一种温故 / 黄伟林著．—桂林：广西师范大学出版社，2018.1
ISBN 978-7-5598-0083-1

Ⅰ．①历… Ⅱ．①黄… Ⅲ．①随笔—作品集—中国—当代 Ⅳ．①I267.1

中国版本图书馆 CIP 数据核字（2017）第 324072 号

广西师范大学出版社出版发行
（广西桂林市五里店路 9 号　邮政编码：541004
网址：http://www.bbtpress.com）
出版人：张艺兵
全国新华书店经销
衡阳顺地印务有限公司印刷
（湖南省衡阳市雁峰区园艺村 9 号　邮政编码：421008）
开本：880 mm × 1 240 mm　1/32
印张：8.75　　字数：250 千字
2018 年 1 月第 1 版　　2018 年 1 月第 1 次印刷
印数：0 001~4 000 册　　定价：48.00 元

序

大学毕业回到桂林后,我才知道历史上曾经有个抗战桂林文化城,知道曾经有许多文化人在桂林这座城市书写了那个年代中国文化壮怀激烈的篇章。但当时的我对抗战桂林文化城并不太重视,我觉得那些文化人不过是这座城市的过客,他们与这座城市不过是一种旅居的关系,而且,许多描述抗战桂林文化城的文字给我一种千人一腔、众口一词的感觉,这种情形让我产生某种"审美疲劳",因此,在相当长一段时间里,我对"抗战桂林文化城"这个概念有点麻木不仁。

随着对这座城市的了解日益增加,"抗战桂林文化城"这个概念越来越多地冲击我的认知。我意识到我对这座城市、对这座城市曾经有过的那一段历史了解太少,先入为主的观念造成了我的"智障",我希望自己能够走出这种"智障",真正了解这座城市,了解这段历史,了解这个人们耳熟能详、津津乐道的

“抗战桂林文化城”。

然而,真正的了解谈何容易。历史的结果只有一个,历史的过程变幻莫测。走进“抗战桂林文化城”,触摸到的是千头万绪,是神龙见首不见尾,哪怕站在今天的高度回望,哪怕历史的结果早已水落石出,然而,在历史过程的层峦叠嶂中,我仍然做不到一目了然。

好在我并不冀望于一目了然,也愿意徜徉在历史的山重水复中。人们都知道桂林山水甲天下,殊不知,“抗战桂林文化城”也有其千山万水、洞奇石美。在历史的万水千山中探访幽洞,品鉴美石,亦不失为赏心乐事,足以成就休闲时光。

写了好几百字,反复出现的都是桂林,很容易给人井底之蛙、一叶蔽目的感觉。其实,“抗战桂林文化城”,说的是桂林,又不是桂林。如此说来,30 多年前我最初接触这个概念时的感觉也有几分真切。一个大时代,曾经给予了桂林以抗战文化城的生机;一座桂林城,曾经给予了那个大时代卓然独立的牺牲。也许人们以为我是在以那喀索斯的姿势打量一座城市的山水倒影,其实我念兹在兹的是生生不息的中国人文。

黄伟林

2017 年 9 月

目　录

桂林城最有名的山

桂林哪座山最有名？

人们恐怕百分之百都会说是象山。

如果时光向前推移半个世纪，答案不会如此。

那么，半个多世纪以前，如果人们问，桂林哪座山最有名？

答案是独秀峰。

民国前期桂系三巨头中的第二号人物黄绍竑在他的《五十回忆》中写他当年离家到桂林求学，刚到桂林，就游览了独秀峰。为什么？因为“独秀峰是首先登临的目标，这里可对桂林的轮廓，先得到一个印象”。黄绍竑说得不错，独秀峰位于桂林城中心，平地拔起，登临其上，整个桂林城统揽其中，不仅可以看到桂林城“千峰环野立，一水抱城流”的格局，而且能够开阔胸襟、提升品格、坚定信念、激励抱负。

1935 年 1 月，民国最具影响力的文化学者胡适曾经在桂林

城游历了两天,后来他写了一篇长文《南游杂忆》。关于独秀峰,他如此写道:

> 凡听说桂林山水的,无人不知道桂林的独秀峰。图画上的桂林山水,也只有独秀峰最出名。

这是当时独秀峰的地位,胡适还专门引证了300多年前徐霞客游广西的经历,以说明独秀峰的重要。

> 徐霞客游遍了广西的山水,只不曾登独秀峰,因为独秀峰在桂林城中,圈在靖江王府里,须先得靖江王的许可,外人始得登览。徐霞客运动王府里的和尚代为请求,从五月初四日直到六月初一日,始终不得许可,他大失望而去。

胡适本人却是游览了独秀峰的,不过,他关于独秀峰的记录,却有不少错误。不妨把他关于独秀峰的文字录于下:

> 独秀峰现在人人可以登临了。其实此峰是桂林诸峰中的最低小的,高不过一百多尺!有石级可以从山脚盘旋直上山顶,凡三百六十级,其低可想!此峰所以独享大名,也有理由。徐霞客已说过,"其异于他峰者,只亭阁耳",现时山腰与山顶尚有小亭台可供游人休憩,是一胜。此山在城中,登山可望全城和四围山水,是二胜。诸峰多是石山,无

大树木，独秀峰上稍有树木，是三胜。桂林诸大山以岩洞见奇，然而岩洞都是可游而不可入画的；独秀峰无岩洞，而娇小葱茏，有小亭阁，最便于绘画，故画家多喜画独秀，是四胜。有此四胜，就使此峰得大名！徐霞客两度到桂林，终以不得登独秀峰为憾事。我们在飞机上下望桂林附近的无数石山，几乎看不见那座小小的石丘，颇笑徐霞客的失望为大不值得！

胡适这段文字至少有两个错误：一是独秀峰并非桂林诸峰中最低小的，七星公园中的骆驼山不仅比独秀峰低，而且比独秀峰小；桂林城区其他著名的象山、隐山、虞山、雉山、塔山、宝积山等或许比独秀峰大，但它们都没有独秀峰高，甚至离独秀峰很近的伏波山也比独秀峰矮。二是独秀峰并非无岩洞，著名的颜公读书岩就在独秀峰东南麓，此外，独秀峰南麓还有太平岩，北麓亦有小岩洞。

不过，胡适这段文字透露了一个值得我们今天关注的信息，即画家多喜画独秀峰。

桂林名山甚多，象山、伏波山、叠彩山、南溪山、西山、穿山都是桂林名山，不知道历史上哪些山能够频繁进入画家们的画中。不过，我所知道的是，1905 年 7 月，齐白石开始了他的三出三归，到桂林游览。齐白石之游览桂林，与今天旅游者的走马观花不同，他在桂林住了半年多，直到 1906 年春节过后才打算回家。就在打算回家的时候，齐白石画了一幅《独秀山图》，如今我们看到的《独秀山图》，正是以独秀峰为原型摹绘的，甚至连独秀峰下面的靖江王府都进入了画面。

齐白石研究专家吕立新告诉我们：

> 这次远游（三出三归）后，齐白石迫不及待地改变了自己山水画的画风，他开始用大笔画孤峰独立。
>
> 现藏于中国美术馆的独秀峰，是齐白石1906年画的桂林的独秀峰。这种平地拔起，孤峰独立，一山一水，或一丘一壑的构图几乎成了齐白石山水画的典型符号。[①]

我很喜欢齐白石这幅《独秀山图》。前些年，我主编的"独秀作家群研究"丛书由广西师范大学出版社出版，我专门选择了齐白石的《独秀山图》作为这套丛书的标识。

胡适文中转引徐霞客的话，认为独秀峰之"其异于他峰者，只亭阁耳"。我查了《徐霞客游记》，确有此语。我不知道徐霞客何以这样说。但以我对独秀峰的认识，其异于他峰者，远不止于亭阁。

如今靖江王府承运殿墙壁上，还镶嵌着一块石碑，石碑上刻有当年广西省政府主席黄旭初撰写的《重建广西省政府记》，该记开宗明义：

> 独秀为桂林主峰，群山环拱，形胜天然，其麓地势广垲，

---

① 吕立新：《齐白石——从木匠到巨匠》，北京出版社，2010，第78页。

废殿三楹，石垣周缭，盖明靖江王故宫遗址。其地初为元顺帝潜邸。朱氏南藩始大其基。清康熙间夷为士子考校之场。民国肇造为议坛黉舍者有年。

对于独秀峰而言，这段文字显示了一个最重要的信息，那就是独秀峰是桂林主峰。

什么叫主峰，具体到独秀峰和桂林城的实际，我体会，那就是整个桂林城是以独秀峰为核心营建的。

的确，桂林城正是以独秀峰为核心营建的，就像北京城，是以故宫为中心营建的。独秀峰之于桂林，就像是景山之于北京。不同在于，景山是人造之山，独秀峰是天然之山。我曾经听一位建筑规划专业的专家说，桂林是极其幸运的，因为全世界只有桂林这座城市，有一个天然的城标。其他城市的城标，都是人为修建的。

直到今天，我们仍然可以清楚地看到，独秀峰作为桂林城的中心，东有漓江，西有桂湖，南有榕、杉湖，北有木龙湖，这是水对独秀峰的环绕；还有山对独秀峰的拱卫：东有伏波山，西有宝积山，北有叠彩山，南有象鼻山。据说徐霞客经常是以风水原理阐释山川形胜的，为什么他没有对独秀峰作为桂林主峰的地理形胜作出阐释呢？曾经有一次，被称为“桂林活字典”的赵平先生告诉我，正阳路是桂林城的中轴线，叠彩山相当于独秀峰的靠山。仔细想想，此言不虚。

最近，我阅读友人林志捷撰写的《半壁民国一碗粉》，该书前言引用了徐珂《清稗类钞》中的一段文字：

贡院形势之佳，粤西为首，本明靖江王府，俗号皇城，在城东北，别有内城，向南曰正阳门，背倚独秀峰，天然一枕。由外而内，叠阶千有余级至公堂上，千峰环抱，若无数笔杖，奇峭插天，俗云“五百匹马奔桂林”是也。

这段文字表达的还是独秀峰在桂林的中心地位，称得上万山拱卫，我不妨加上一句，一水环流。

其实，除了独秀峰的位置处于桂林城核心，独秀峰那种独立不倚、直追云天的姿态体格也特别能唤起群山对它的尊崇。如果说象山是以妩媚取悦于人，那么，独秀峰则是以刚正取信于人。唯其如此，独秀峰才当得起“南天一柱”的称号，才能够“卓然独立天地间”。

在桂林的时候，胡适确实感到了广西人尤其是桂林人那种刚劲正直的品格。1935 年 1 月，东三省沦陷已经三年多，正是山雨欲来风满楼的时候。因此，胡适游历广西的时候，特别感叹中国需要武化的精神，他在《南游杂忆》临近结尾时写道：

在那独秀峰最高亭子上的晚照里，我们看那些活泼可爱的灰布青年在那儿自由眺望，自由谈论，我们真不胜感叹国家民族争生存的一线希望是在这一辈武化青年的身上了！

1937年七七事变后不到三个月，广西迅速动员数十万兵员投入抗日战场，独秀峰代表的武化青年没有辜负胡适寄予他们的希望。

文化城之前的桂林城

人们通常把 1938 年 10 月武汉沦陷作为桂林文化城的开端,那么,在此之前,桂林大略是一个怎样的状况?

有一个叫陈畸的作者,在 1938 年 6 月出版的《旅行杂志》上发表了一篇《记桂林之行》,对当时的桂林城如此描述:

> 我们的长途汽车由柳州出发,走完了五百四十里的长途旅程,就在桂林城南门外的桂林车站停了下来。首先,我们就得通过一座差不多有了五十多尺厚的城门,才能够走进里面的繁盛区域来。
>
> 桂林城可以说是我们在广西所看到的,一座顶大的大城。城墙差不多完全是麻石所砌成的,高二十尺,厚三十尺,周围至少也有十五里,有好几座石山是被包围在城里的。

桂林城里城外,都有许多天然的堡垒在雄视着,这些堡垒全是攻不破的岩石砌成的,并且好几千年前就有了防空的设备了。

这是对桂林城的描述,与古代文献中描述的桂林城样貌差不多。可见,直到 1938 年,桂林城还基本保持了其唐城和宋城的样貌。

可贵的是,这篇文章还描述了当时桂林的街道样貌:

桂林的所有马路,除了一条叫做桂东路的而外,差不多全都是一种没有骑楼的建筑;许多商店都是平屋,二层或者更高一些的就并不多见。这些商店的外面铺位,堂皇的很少,有些并且还显出局促的局面。可是我们假如有一个机会可以走进商店里面的那一座小小的后门去时,我们就可以看到里面却是一座极大的,中国式的房屋。普通就是三进四进,有广大的客厅和小小的前庭中庭;莳花种树,十足地显示出城市里的中国上等社会的家屋的结构和布置,并且也可以显示出一种全是中国人的生活的风味来。

"中国上等社会的家屋的结构和布置","中国人的生活的风味",这样的评价可以让我们体会到当时桂林城的城市趣味。

当时的桂林正处于大建设的时期,作者写道:

桂林现在有长三万七千七百零四公尺的新马路。横贯全城中心的桂南、桂北、桂东、桂西和桂中各线,路面宽度都在六十公尺以上。由桂南路经桂中路直至桂北路一线,长至少有三里,现在已经有了公共汽车在来来往往地走着。

需要说明的是,当年的桂南、桂北、桂东、桂西和桂中各线,就是如今的中山南路、中山北路、解放东路、解放西路和中山中路。对比当时新马路的修建和旧建筑的衰落,作者心怀感伤,他说:

我们老早就知道桂林是“山水甲天下”的。可是一个怀着热望专心一意来亲近桂林的旅行者,恐怕未必能够完全获得满足。桂林的山水的确美可入画,但远望之使我们怀念,近视之则不免感慨。我们的前人所建造的楼台、亭榭、寺院、观阁;许多地方都显出它们的晚景的悲惨,我们看到它们的境遇,心里会分外寥落的!

不过,作者对当时的桂林建设怀抱希望,紧接上文,他写道:

能够给我们的“感伤”与一种安慰的,是桂林市政处的工作计划里面,还包含了另外的一种设计。这种设计企图把人工和天然配合,使桂林成为南中国最美丽的花园。

“人工和天然配合，使桂林成为南中国最美丽的花园。”这样的设计理念真是太令人向往，为此，作者尽情发挥了他的想象：

> 将来我们有机会来桂林“观光”，在绿叶荫蔽之下，踏着树影，从城里走到各处的名胜去，先就会有一种蔚然欣茂之感。日后我们从那些名山名洞走进城里来，景象也和现在的大不相同了。
>
> 那时，城楼城眼，都可以望见红花绿叶；周围十多里的城墙，就是一条长长的花园的甬道。那些城楼里面就是市民和游客的休息处和阅报处。一座独秀峰成为核心，我们登临独秀峰巅，就可以隐约地看到拿普陀山做中心的城东公园；拿老君洞做中心的城西公园；拿象鼻山做中心的城南公园；还有拿虞山做中心的城北公园。

如今，东西南北公园都有了，可惜的是，城楼城墙几乎全部不见了，在城市任何一个地方，我们看到的都是密密麻麻的房屋，高楼大厦挡住了人们观光的视野。

我不惜做一个“文抄公”，把当年构想的桂林城市样貌做一个实录，希望市民、游客，特别是城市的规划者和建设者们看到，桂林其实是很容易成为一个“人工和天然配合”的“南中国最美丽”的花园的。

当时，广西省政府已经从南宁迁到了桂林，广西大学也从梧州迁到了桂林,省政府和广西大学迁桂,为桂林带来了大量高层次文化人。不过,让作者想不到的是,他这篇文章发表后不到半年,更多机构和文化人来到了桂林,桂林没有成为一个“人工和天然配合”的“南中国最美丽”的花园,却率先成为中国抗战大后方的文化中心。

战时文化中心

我经常说，中国现代文学就像是北京、上海两座城市的“双城记”，中国现代文学的历史，就像是北京、上海两座城市的文学史。

不是吗？

中国现代文学发端性的刊物《新青年》创刊于上海，勃兴于北京。成立最早、影响最大的两大新文学社团——文学研究会成立于北京，创造社主要在上海。存在时间并不长，却造就了一个文学时代的“左联”成立于上海。北京有最具影响力的大学，如北京大学、清华大学、燕京大学。上海有最具影响力的出版社，如商务印书馆、中华书局、文化生活出版社。影响最大的两个城市文学派系是京派和海派。中国现代文学最重要的作家——鲁迅生活和工作的两个最主要城市是北京和上海。浙江人茅盾、四川人巴金主要在上海从事文学事业。老舍是北京人，终身写北京。张爱玲是上海人，主要写上海。沈从文是湖南人，到了北京才崛起于文坛。萧军、萧红是东北人，到了上海才产生全国性的影响。北京、上海是民国时期中国的文化中心，无论是天津的曹禺，还是浙江的艾青，或江苏的钱钟书、湖南的丁玲、四川的艾芜，他们都是在北京或上海成就他们的文学事业。北京、上海之外，除了极少数地方，绝大多数城市，由于人才和媒体的稀缺，几成文学荒漠。

然而，1919 年五四运动至 1949 年中华人民共和国成立的 30 年，其中 14 年的时间，由于战争的原因，文化人集中的城市，不再仅仅是北京、上海，而增加了重庆、延安、香港、武汉、桂林、昆明，此外，还有四川宜宾的古镇李庄，这些城市成为中国的战时文化中心。

在这些城市中，武汉作为战时文化中心只是昙花一现；香港作为文化人集结地大约维持了两三年；昆明的文化意义主要是凭借了西南联大的存在；李庄则借助了中央研究院和中国营造学社的名声；重庆是国民政府所在地，云集了不少国立大学和官方文化机构；延安是中共中央所在地，是红色文化人向往的地方。那么，桂林呢？

北京沦陷之后，文化人南迁到武汉。上海沦陷之后，文化人或南迁到广州、香港，或西迁到武汉。1938 年 10 月，广州、武汉相继沦陷，文化人再次南迁和西迁。这一次南迁和西迁的目标城市，除了重庆，就是桂林。

也就是说，从 1938 年 10 月武汉沦陷，到 1944 年 11 月桂林沦陷,在长达六年的时间里,桂林扮演了中国抗战文化中心的角色。因此,我经常说,中国现代文化有六年文化中心在桂林。

一个城市作为文化中心的标志是什么?

我觉得可以从这样几个指标去衡量:一是文化人的数量,二是文化媒体的数量,三是文化产品的数量。

关于文化人的数量。桂林文化城的亲历者、对桂林文化城研究达半个多世纪的魏华龄在他的《桂林文化城史话》和《桂林抗战文化史》中基本持一个观点,即抗战时期聚集到桂林的文化人数以千计。但前者称闻名全国的不下二三百人,后者称闻名全国的有一二百人。闻名全国是一个模糊性的说法,这里不论。数以千计,这是各种研究成果中最为庞大的说法。刘硕良主编的《广西现代文化史》就桂林文化城文化人的数量,列举了五种著作,其中人数最多的说法见杨益群、顾绍柏主编的《桂林文化城概况》,收入了 1234 人,数量不及魏华龄的模糊说法。然而,阅读陶行知发表于《广西日报》1938 年 12 月 8 日的文章《岩洞教育的建议》,可以读到这样的句子:"桂林本地及外省来的知识分子估计有一万人。"陶行知当时就在桂林,他说的是估计,虽然同样是不确切的推测,但显然比魏华龄不确切的推测多了好几倍。这是我看到的有关桂林文化人数量最大的说法,并且陶行知既是桂林文化城的在场人,又是著名的教育家,他的说法当然应该是一个很重要的参数。

关于文化机构的数量。这里文化机构主要指报社、出版社、杂志社、广播电台、演出团体、影剧院、学校及其他文化机构等。

这方面,《桂林文化大事记》曾经做过统计。抗战时期的桂林,有过《桂林日报》、《广西日报》、《新华日报》、《扫荡报》、《救亡日报》、《力报》、《小春秋日报》、桂林版《大公报》、《大公晚报》、《戏剧日报》、《辛报》等十多种报纸;有过商务印书馆桂林分馆、中华书局桂林支局、世界书局、文化供应社、文化生活出版社等200多家书店和出版社;有过《正路》《创进》《克敌》《国民公论》《建设研究》《文化杂志》《中国农村》《国文月刊》《化学通讯》《自由中国》《抗战文艺》《文学创作》《音乐与美术》《新中国戏剧》《西南儿童》等200多种刊物;有过广西大学、广西省立医学院、广西省立师范专科学校、国立桂林师范学院、西南商业专科学校、广西省立艺术专科学校、桂林美术专科学校、江苏省立教育学院、无锡国专等多所高等院校,桂林师范学校、广西省立桂岭师范学校、北平成达师范学校、北平新闻专科学校、广西桂林高级护士助产职业学校、广西省立桂林中学、国立汉民中学、国立桂林师范学院附属中学等逾百所学校;有过国防艺术社、抗敌宣传队第一队、朝鲜义勇队、新中国剧社、旅港剧人剧团、上海救亡演剧二队、中国实验剧团、孩子剧团、新安旅行团、桂剧实验剧团、桂林四维平剧社、抗战歌咏团、建国歌咏团、乐群歌咏团、桂林广播电台合唱团、英军服务团音乐队、周氏兄弟马戏团等200多个演出团体;有过新华大戏院、南华戏院、三明戏院、国民大戏院、新世界戏院、广西剧场、高升戏院、大众电影院、大光明电影院、紫金电影院、广西省立艺术馆剧场等20多家影剧院;还有过广西省教育会、广西省立桂林图书馆、桂林体育场、广西省立科学馆、广西美术会、广西音乐会、广西乐群社、广西建设研究会、广西戏剧改进会、中华职业教育社总社、国际新闻社、生活教育社、广西摄影通讯社、中华全国漫画作家抗敌协会、中华全国木刻界抗敌协会、中华全国文艺界抗敌协会桂林分会、广西省立艺术馆、广西通志馆、桂林国际联谊社、广西省立教育广播电台等近百个各类文化机构。值得说明的是，当时活跃于桂林的许多文化机构都具有全国性质，或者在全国具有广泛影响。

关于文化产品的数量。根据《桂林文化大事记》的统计，抗战期间桂林演出的话剧达300多台，平剧200多台，桂剧、湘剧、粤剧200多台，音乐舞蹈演出300多台，画展200多个。而所有文化产品最为可观的，则是桂林的出版物。出版物有一个特点，即它的跨时空性。也就是说，桂林生产的出版物，不仅满足桂林读者的需要，而且满足全国读者的需要，具有明显的全国属性。那么，桂林的出版在当时的中国居于一个什么样的地位呢？

我在出版家赵家璧《忆桂林——战时的“出版城”》一文中读到一个似乎非常夸张的说法：

> 从（民国）三十年到（民国）三十二年的桂林城是被称为自由中国的“文化城”……它有近百家的书店和出版社，抗战期间自由中国的精神食粮——书，有百分之八十是由它出产供给的……

这真是一个令人吃惊的说法。一个城市生产供给一个国家百分之八十的图书,这是什么概念?我想,如今的中国,哪怕像北京这样的超大城市,它出版的图书也不可能在全国占有如此大的份额。我甚至觉得,赵家璧这个说法是不是弄错了,或者,他有意夸大了桂林图书出版的数量。

然而,赵家璧毕竟是当时中国出版界的重要人物,他的文章并不是空发议论,而是以确切的数据作为依据的。比如他说,桂林"当时每天平均出版新书期刊在二十种以上,刊物的普通销路约近一万份,一本专谈新诗的月刊可销七千本,销路最大的刊物可印二万份,单行本的印数,初版以五千为单位"。而桂林出版事业发达的原因,在他看来,"第一,广东湖南江西生产大量的土纸,质地较佳,因铁路公路的便利,运费不高,售价较低。第二,从汉口长沙撤退的印刷所,大半没有去重庆而来桂林,那里共有印刷所大小二十余家。第三,桂林是西南公路铁路交通的中心,运输交通,迅速方便。最后而最重要的是从上海香港内撤的文化人,因为这里能自由地写作,大都喜欢在桂林住下来。这许多优越的条件,很快就把桂林造成一个'出版城'了"。

文章有理有据,令人不得不信。一个城市为一个国家生产供给了百分之八十的图书,怎么能不成为这个国家的文化中心呢?

红色布局文化城

共产党在桂林文化城的布局,分外来和地方两个体系,有公开和秘密两种类型,这里主要说的是外来这个体系。

当时桂林文化城的党组织由中共中央南方局领导,周恩来为南方局书记,因此,桂林文化城中共党组织的最高领导人是周恩来。

周恩来在桂林文化城最重要的布局,是建立了八路军桂林办事处。

白崇禧曾经回忆武汉撤退时他与周恩来的一次偶遇:

> 武汉撤退时,我等到委员长乘飞机离武汉后,方乘汽车先到鄂北钟祥与李长官会晤,嗣由鄂西经沙市、常德拟返长沙。当时我所乘者为德制吉普车,车至十里铺附近,机件突发生故障,我乃下车等待司机修理。不久,周恩来乘汽车随

后赶至，他一见是我，随即下车当面相告说："敌人骑兵先头部队已离我等所在地不远！"并坚邀我同车至长沙。当时我考虑再三，机件何时修好，并无把握，乃上车与他同行。沿途时间漫长，周恩来与我相谈颇多，谈话内容从他早年在南开念书及法国留学经过，以至国共合作、抗战诸问题。听其谈吐，知其常识丰富，是时周恩来任政治部副部长（部长为陈诚、秘书长为贺衷寒），我曾就共产党问题笑对周恩来道："你们（共产党）未到我们广西，我很感激！"他回答道："你们广西做法，像民众组织，苦干穷干之精神，都是我们同意的，所以我们用不着去。"①

白崇禧这段回忆省略了一个重要内容，就是当时周恩来与他达成了一个口头协议，在桂林建立八路军桂林办事处。② 他们这次偶遇是 1938 年 10 月 25 日。在此之前，周恩来已经派人到桂林为八路军办事处的建立做准备。1938 年 11 月，李克农率领八路军武汉办事处部分人员陆续进入桂北路 138 号，八路军桂林办事处正式建立。

八路军桂林办事处是共产党、八路军在国民党统治区设立的公开合法的办事机构，它有公开的职能，也有秘密的任务。其领导的范围远不止桂林或者广西区域，而覆盖整个南方。

① 白崇禧口述，郭廷以注解：《白崇禧口述自传》，中国大百科全书出版社，2009，第 124—125 页。

② 程思远：《白崇禧传》，北方文艺出版社，2011，第 237 页。

据魏华龄老先生的研究：

> 在1941年初“皖南事变”发生，“桂林八办”撤退以前，党的工作主要是李克农(联系国民党上层人士)和夏衍(联系文化界中上层人士)负责。在基层党组织方面，当时桂林的党组织包括外来党组织和广西、桂林地方党组织两个系统，两个系统的党组织均属“桂林八办”党组织领导，但互不发生横向的联系，直属“桂林八办”领导的基层党组织有新华日报桂林分馆、救亡日报社、国际新闻社、新知书店、生活书店、读书生活出版社、文化供应社、生活教育社、新安旅行团、中山纪念学校、广西地方建设干部学校、抗宣一队(后改为演剧七队)、剧宣五队(后改为演剧九队)以及汉口基督教女青年会战时服务团等单位共10多个支部；“桂林八办”党组织通过中共广西省工委领导的还有广西、桂林地方的基层党组织，也有20多个支部。两个系统合计30多个支部，共有党员也不过二三百人，而且流动性较大。[①]

显然，至少有两年时间，八路军桂林办事处是共产党在桂林文化城的最高领导机构，桂林各个系统的共产党组织，都接受其领导。

魏华龄老先生在上面列举的那些外来党组织，几乎清一色地寄生于文化机构。这是桂林文化城的特色，由此也可以看出

① 魏华龄：《桂林抗战文化史》，漓江出版社，2011，第18—19页。

八路军桂林办事处在桂林文化城的影响力。不过，需要指出的是，这种影响力是通过隐秘的方式实现的。也就是说，虽然八路军桂林办事处是公开机构，但上面那些文化机构中的党组织及其成员都是秘密的。

上述机构中，新华日报桂林分馆、救亡日报社带有较明显的共产党性质，其他机构与共产党的关系则不那么容易被发现。这里不妨举几个例子，比如，国际新闻社，即如今中国新闻社的前身，1938 年它由著名记者范长江创办于武汉，1938 年底转到桂林，社址在桂林环湖路。1969 年，范长江撰文介绍过国新社的情况：

> 国新社是中国共产党领导的，以非常面目出现的合法的进步新闻事业。整个国新社的政治领导是由八路军桂林办事处主任李克农负责。在国新社内部有中共地方党支部，第一支部书记名叫唐勋。[①]

唐勋亦有回忆文章介绍他当年进入国新社的情况：

> 1939 年 6 月，我经组织批准从一个战地服务团撤退出来，从长沙、湘潭、衡山，到了衡阳。上级领导夏之栩同志派车送我到了桂林，住在八路军桂林办事处。办事处处长李

① 范长江：《关于桂林国际新闻社的情况》，罗标元等编《桂林旧事》，1989，漓江出版社。

克农有意要我留在桂林参加国新社工作。我说过去没有干过新闻工作。克农说："不是要你去写文章，你先把支部建立起来。"

我接受了组织的安排。离开办事处时，克农同志对我说："总的政治方针是：坚持抗战，反对投降；坚持团结，反对分裂；坚持进步，反对倒退。广西与重庆当局有矛盾，可以利用矛盾。在桂林要多交朋友，广交朋友，搞抗日民族统一战线。……可以和龙潜同志保持经常的关系，他在这里负责基层支部工作。有事也可以来找我。"①

这番话清楚地说明了八路军桂林办事处与国新社中共支部的组织关系，但这种关系是隐蔽的，并不为外人所知。不过，政治嗅觉灵敏的人会察觉到国新社特殊的政治背景，重庆国民党中统徐恩曾 1939 年 5 月在致国民党中央宣传部国际宣传处处长曾虚白的信中说："顷据广西方面报告，左倾作家胡愈之、范长江等近在桂林组织国际新闻社……该社内容及实际负责人政治背景如何，至祈惠示并随时注意为幸。"②

上面徐恩曾信中提到一个人物——胡愈之，这是共产党在桂林文化城的一个重要人物。胡愈之不仅是国新社的设计师，而且，他也是文化供应社的重要策划人。

---

① 唐勋：《桂林国新社支部的片断回忆》，八路军桂林办事处纪念馆编《漓水烽烟》，1988，桂林八路军办事处纪念馆。

② 范长江：《关于桂林国际新闻社的情况》。

如今人们对文化供应社知之甚少,但它却是民国时期广西最大的民营出版机构。这个出版社由广西建设研究会和救国会共同出资经营,李任仁为董事长,陈劭先为社长,胡愈之为董事和编辑部主任。李任仁、陈劭先都是桂林文化城的重要人物,这里暂且不说,只说说胡愈之。

根据于友的《胡愈之》一书,我们知道胡愈之是 1933 年9 月加入中国共产党的,但他是特别党员,由党中央特科直接领导,不参加基层组织生活,在公开活动中不以共产党员的身份出现。

到桂林后,胡愈之广泛而深入地介入了桂林文化城的方方面面。他曾是政治部第三厅主管文字宣传的第五处处长,又是国新社的幕后创办人,还是广西建设研究会文化部的副主任,他主持了救国会刊物《国民公论》,是文化供应社的实际负责人之一。他虽然是资深的共产党员,但仍然保持着秘密党员身份,始终以救国会人士的身份出现,深得广西当局的欢迎和信任。显而易见,胡愈之所涉足的领域,必然或隐或显地受到了共产党的影响。

八路军桂林办事处曹瑛在《忆抗日时期党在桂林的工作》中大致介绍了八路军桂林与桂林各文化机构的联络人:

> 我们帮助广西地方政府办“广西地方建设干部学校”,校长是黄旭初(广西省主席),教育长是杨东莼(地下党员)。进步人士张志让、千家驹等曾来学校任教。当时在学校的地下党员有两个支部,一个是外来的党员支部,支部

书记周钢鸣，受南方局领导；一个是地方党员支部，支部书记张海鳌（后为路伟良），受陈岸领导。这样做的用意是组织关系分散一点，太集中了容易出问题。当时还派地下党林路、宋之光等进入这个学校里工作，是个别联系领导的。

当时云集在桂林的进步人士以及救亡团体、文化机构是很多的，都是在党的领导下进行活动。其中很多共产党是单线联系的，如夏衍是《救亡日报》负责人，是李克农直接领导的；林其英搞国民党的情报工作，也是李克农直接联系的；黄药眠是《国际新闻社》的负责人，谁联系的，不记得了；生活书店，新知书店，是沈毅然联系的；陶行知生活教育社工作的程今吾和刘季平一个支部，支部书记程今吾，是我联系的，我去参加过他们的一次支部会。杨荣国那个支部也是我联系的。①

这有点像一张当年桂林文化城共产党的联络图，当然，可能不到完整图的百分之一。在当年它属于绝密，在如今它需要研究者下很大的力气才可能尽可能完整地拼出来，但真正的完整肯定是不可能的。

---

① 曹瑛：《忆抗日时期党在桂林的工作》，八路军桂林办事处纪念馆编《漓水烽烟》，1988，桂林八路军办事处纪念馆。

东方日内瓦的构想

友人林志捷在《半壁民国一碗粉》中介绍过一篇文章——《山明水秀的东方瑞士——桂林》，该文发表于1936年《史地知识》创刊号，作者署名黄文荃。

《山明水秀的东方瑞士——桂林》一文有标题党的嫌疑，标题显赫，却文不对题，名不副实。纵览全文，几乎没有看到桂林与瑞士关系的解说，只是介绍了桂林的自然地貌、历史文化、地方物产和社会状况。不过，如果不追究文章的名实关联，这篇文章确实有不少有趣的内容。比如，虽然许多人认为桂林是因为桂树得名，但作者则称他在桂林很少看到桂树；比如，作者提到当时有人提出要把桂林话作为南方国语的标准；比如，作者说以山代表广西再恰当不过，但桂林却有一个相当大的平原；比如，作者说北平是中国的文化中心，桂林是广西的文化中心，是广西接受中原文化最前沿的一个地方；比如，靖江王府位于桂林城的中央，俨然如北平的紫禁城。这些观点和思想，直到今天，对于我们理解桂林仍然是有帮助的。

相比之下，另一篇题为《生平之江湖趣味》的文章，虽然标题与瑞士毫无关系，但文中却明确提出了阳朔的建设目标，就是要建设成为瑞士日内瓦那样的世界公园。该文发表在《旅行杂志》第八卷第一期，1934 年 1 月 1 日出版，作者俞心敬，比《山明水秀的东方瑞士——桂林》早发表两年多的时间。

值得说明的是，俞心敬《生平之江湖趣味》一文并不是将桂林（阳朔）与瑞士日内瓦类比的首倡者，该文不过是附录了一则1933 年 12 月 12 日《桂林民国日报》的新闻，这则新闻说的是一个将阳朔建设成为世界公园的建议。

这则新闻如下：

> 桂林诸山以秀胜，而阳朔诸山则以奇胜，故有阳朔甲桂林之称。邑治依山作城，碧莲峰如在几席间，闲步鉴山寺或帜江楼，凭栏远眺，则见对岸诸山，如奔马，如蟠龙，百怪千奇，尽在眼际，洵极天下之大观。他若南路之城门山，北路之画山，游客乍见，无不惊奇叫绝者。第诸风景，旧葺殿宇，日就颓废，游客到此，每致惜焉。兹有邑绅赵元杰，诸人，发起修建，修废举坠，培植名区，意至善也。将来鸠工庀材，重新宇栋，则朔山之奇，更臻妙境，名山名士，相得益彰，当传为桂林名胜史中之唯一佳话矣。建议书函录于下：
>
> **议建设阳朔为风景区预备为世界公园敬告父老兄弟书**
>
> 昔宋宰相范成大曰："桂林山水甲天下，惟有阳朔居第

一！”唐韩文公曰：“水似青罗带，山如碧玉簪。”唐邑令沈彬曰：“陶潜彭泽五株柳，潘岳河阳一县花。两地怎如阳朔好，碧莲峰里住人家。”历代名人豪士，其赞美吾朔山水，播之声诗者，指不胜屈。自开辟以至今日，韫玉山辉，独立著天然之秀，含珠川媚，潴流呈宝镜之光，风景之佳，甲于广西全省，并甲于中国全国，极而言之，亦可谓甲于全世界。瑞良所以亟亟建设风景区者，则以碧水苍山，莲峰万朵，杂花生树，无间四时，尽人事以补天功，必登峰而造极顶，亦视吾人之力量何如耳。尝兹国难日亟，强邻逼处，不能自治，必为人治，不能自强，必至灭亡。是以政府励精于上，冀以保国卫民，人民自治于下，宜先守土自卫，锦绣山河，谁甘割让；叶同敝屣，岂非大愚？自治之基，当以建设为首务，吾朔之建设，原不止一端，一切设施与他县同，其不同者，风景耳。说者曰：“吾朔山水甲天下，风景既美矣，何用建设为？”将应之曰：“宝玉之质，非不佳也，不经琢磨，则无以耀其光彩，佳人之貌，非不美也，不饰铅华，则无以动人之艳美。”吾朔山水虽秀，无亭台楼阁点缀其间，亦不足以供游人之赏玩，此孔子所以有“善人不践迹，亦不入室”之说也。天下事苦于不自知耳，知而不行，是谓不智，行而不果，是谓不勇，以不智不勇之人，处此弱肉强食，优胜劣败之世，其不为天然淘汰者几希。吾朔人生于斯，长于斯，息于斯，天地灵秀之死，而独钟于斯，不可谓非天之福吾朔人者独厚，天厚之而自薄之，仰何以对天，俯何以对人，岂非可耻之尤耶？且建设之财力，其为数亦有限，培植亭台楼阁，亦甚易易。

不观诸欧洲瑞士乎？在百年前，其国之人民，不及吾朔人之多，其疆土，不及吾朔之广，四面崇山峻岭，绝少平地，周围不及百里，称为奇观者，只四时之积雪，及自然之瀑布耳。其地瘠，其民贫，正与吾朔等。其人民富于勇敢性，能利用其天然之风景，建设新式屋宇，亭台楼阁，修筑盘旋道路，吸收外资，充实财力，以维持其永久之国祚。近数十年来，惨淡经营，敷设铁道，增加空中电车，电灯，自来水，升降机，各种机器，凡一切便利游客之衣，食，住，行，娱乐，艺术，无一不备，至今欧美人士，每年游其地者，数以百万计，极为世界公园，欧洲列强，且承认为永久中立国，国联会，永定在日内瓦，其声价可知。孟子曰："不耻不若人，何若人有。"吾朔具有世界第一公园之资格，岂肯甘居人后，果能人人负责，当不让瑞士独步，同力合作，倾囊捐助，行之以渐，持之以久，本心理之建设，实现物质之建设，三年之后，必大有可观，十年之后，不难与瑞士并驾齐驱。吾父老兄弟，如不河汉斯言，则请共发宏愿，共抱决心，贯勇前进，务底于成。开民族亿万世之繁荣，此则瑞良所馨香祷祝者也。阳朔绅耆赵元杰，邑人陶瑞良等发启。

（录廿二年十二月十二日桂林《民国日报》）

这则建议书大致表达了几层意思：一、阳朔自然风景之佳，世界第一；二、仅有自然风景不够，还需要人力建设以补天功；三、百年以前，瑞士人不及阳朔多，却与阳朔人一样贫，地不及阳朔广，却与阳朔一样瘠，但瑞士人勇敢，通过人力的建设使瑞士变成了世界公园，日内瓦成了国联会永久地址；四、阳朔应该以瑞士为榜样，着力于精神和物质建设，让阳朔与瑞士并驾齐驱。

这是我所读到的最早以瑞士为榜样，将阳朔建设目标设定为世界公园的文章，它发表于 1933 年 12 月 12 日。当时正是广西进入建设快车道的时期，所谓“建设广西，复兴中国”。这则建议书，完全符合“建设广西，复兴中国”的精神。1934 年 2 月，广东人崔龙文曾游桂林，撰写《桂林游记》，其中有“料阳朔不久，必若欧洲之瑞士，而为国内之名胜区也”的说法。这一说法，显然与这则建议书有关。

在此前后，还有卢湘父所著的《桂游鸿雪》，其末尾“结论”篇中称：“余闻瑞士山水，甲于地球，有世界公园之称，每年所收旅客之资，为数不菲。近来德国，亦拟采用风景政策，藉以吸收游资，凡有名胜，莫不加意点染，殆欲与瑞士争衡者。今桂林岩洞，多李渤元晦等缔造之遗迹，惜继起者尚少，诚得如二公者百十辈，则天然之美，更可以表现而无余。”卢湘父曾于 1932 年和 1933 年两次参加广东基督教青年会广西旅行团游览广西，《桂游鸿雪》为其游后所撰写，并于 1934 年出版。

上述阳朔建议书的作者是阳朔人赵元杰、陶瑞良。从建议书可以看出作者对当时中国形势了然于胸，对世界形势也有相当了解，所提建议堪称高屋建瓴，有理有据亦有可行性。想想看，80 多年前，阳朔乡绅已经具有如此高瞻远瞩之世界眼光，是不是会让我们今天的桂林人汗颜呢？

文化城的“桂”文化元素

很多年前有人跟我谈起抗战桂林文化城,我并不是很重视。何以如此?我觉得抗战桂林文化城的文化现象是一种暂时的文化现象,因为战争而来,随着战争而去,它没有在桂林这座城市落地生根,不属于桂林的本土文化。

直到今天,这个观点还经常萦绕在我的脑海中。因此,在进行抗战桂林文化城研究时,我会更注意与桂林、与广西本土有深刻联系的文化内容。或者说,我会比较关注文化城中的“桂”文化元素。

那么,什么是与本土有深刻联系的文化内容?这个问题并不那么容易回答。在我看来,答案之一,就是桂林文化城中究竟有多少知名的本土文化人;答案之二,就是文化人的文化产品中有多少广西元素。

这里我选择从文艺家这个方面来谈谈这个问题。

我学的是文学专业，自然会比较关注当时桂林有多少广西籍的作家。细数起来，当时活跃于桂林的作家并不多，像周钢鸣、胡明树、曾敏之、凤子、陈迩冬、秦似、严杰人，几乎屈指可数，而且，这些人物，今人可能大多没有听说过。相对而言，秦似曾经有较高的知名度，但他是因杂文而享誉文坛。杂文属于文学中的边缘文体，完全是因为鲁迅的原因，才成为主流文体。但时至今日，杂文在文学家族的地位也逐渐回归了本位。

各文艺门类中，戏剧与文学关系最为密切。戏剧是抗战桂林文化城最具影响力的艺术门类之一。欧阳予倩、田汉、熊佛西、焦菊隐、夏衍等一批戏剧界的泰斗生活在桂林。桂林甚至有“戏剧城”之誉。作为“戏剧城”的桂林，最值得称道的是拥有桂剧这一本土剧种。抗战时期，因为欧阳予倩主持的桂剧改革，桂林文化城的桂剧称得上风生水起，影响颇巨。这种影响甚至延伸到20世纪五六十年代，桂剧名旦尹羲还得到毛泽东的接见，这无疑是一种殊荣。但桂剧属于传统戏剧，不属于现代话剧。遗憾的是，抗战时期，桂林、广西本土没有出现一个真正的话剧家，无论是剧作家，还是话剧导演。凤子可能算是当时有一定水准的话剧演员，可惜她没有把话剧事业进行到底。而桂剧作为传统戏剧，一个重要特点就是它有很强的地域性。客观地说，今天的桂剧观众人数越来越少，年龄越来越大。

最近几年，我阅读了不少文学之外的抗战时期桂林文化城的历史文献，我发现音乐在当时具有很大的影响。想想这也很正常，在各艺术门类中，音乐是最能吸纳大众参与的艺术门类。

印象中，我熟悉的几位前辈，他们能唱许多民国歌曲。现在推想，他们在童年时代一定受过很好的音乐教育。翻阅那个时代的图书，也能感受这一点。当时的桂林，不仅有全国一流的音乐家吴伯超在从事音乐基础教育，而且有广西本土的音乐家满谦子在为整个广西进行音乐教育的规划。我在音乐方面完全孤陋寡闻，但即便如此，我也经常听人说到满谦子。显而易见，满谦子已经成为广西音乐史上一座重要的里程碑。除满谦子外，活跃于抗战桂林文化城的音乐家还有廖行健、区慕坡和马卫之。廖行健曾担任国防艺术社音乐指挥，抗战歌咏团总干事，是当年桂林抗战音乐活动的重要的组织者之一。区慕坡是抗战时期著名的男高音歌唱家，经常在文化城中各种音乐会上演唱。马卫之是马君武的儿子，在德国留学后回桂林，最初担任广西艺术师资训练班钢琴教师，后来接任艺师班班主任，1946 年艺师班与私立榕门美专合并成立广西省艺术专科学校，马卫之成为该校第一任校长。广西省艺术专科学校即今广西艺术学院前身，抗战时期广西音乐家和美术家努力为广西留下一所艺术学院，这应该是抗战桂林文化城为本土文化做出的重大贡献。

舞蹈是我最不熟悉的艺术门类。即便如此，在阅读抗战桂林文化城史料时，还是有令我惊喜的发现。抗战时期，曾经有两个中国最重要的舞蹈家生活在桂林，他们是吴晓邦和戴爱莲。

在研究抗战桂林文化城的时候，我们一个惯常的思路，就是那些外省文艺家给桂林、给广西带来了什么，但事实上，桂林和广西也给了不少文艺家艺术的资源和灵感，这在舞蹈艺术中有非常突出的表现。我曾经在《清明》1946年第2期看到“舞蹈家戴爱莲”这个专题，其中，给我留下最深刻印象的是两幅照片，一幅是《桂戏〈哑子背疯〉》，另一幅是《广西瑶民之舞》。这两张照片实际上讲述了戴爱莲在桂林期间所受广西本土舞蹈的影响。《哑子背疯》是桂戏一折名剧，抗战期间多由桂剧名旦小飞燕（方昭媛）演出，这是一出难度非常大的舞蹈表演，由一人扮演两个角色。这出戏给戴爱莲留下了深刻的印象，后来她还曾将这出戏移植为舞剧，亲自演出。同样，广西瑶族舞蹈也让戴爱莲发现了她过去未曾接触过的中国少数民族舞蹈。后来戴爱莲曾非常用心地吸取少数民族舞蹈的营养，但这个吸取应该是从桂林、从广西瑶族舞蹈开始的。

我在阅读杨益群编写的《抗战时期桂林美术家传略》时，有一个很意外的发现：157位美术家中，有45位是广西本土美术家，远超总数的四分之一。与其他文艺门类相比，这个比例是非常高的。而且，当时广西本土美术家不仅数量大，水准也比较高，像龙廷坝、帅础坚、朱培钧、阳太阳、林半觉，在广西都是耳熟能详的美术家；杨讷雄、杨秋人，1949年以后分别担任了广东美协副主席、广州美术学院副院长，应该算是广西向外省输出的优秀美术家。值得一提的还有马万里、叶侣梅、黄独峰，他们虽然不是广西人——马万里是江苏常州人，叶侣梅是广东广州人，黄独峰是广东揭阳人，但后来他们都留在了广西，为广西的美术事业和美术教育事业做出了重要贡献。

除了上述广西本土美术家的存在，我还想举一件抗战时期桂林文化城的美术作品，那就是关山月的《漓江百里图》。这是关山月漫游漓江之后花两个多月时间创作的一幅大型作品，被誉为无锡国专“三杰”之一的著名文史学家吴其昌曾专门为之作跋，摘要如下：

近世以来，华夏重荣，灭胡廷而奋起，青年壮学，乃有拔山吞岳之雄志，历□过都之壮游，功力艰巨于马夏（马远和夏圭），意境追媲于郦柳（郦道元和柳宗元），则岭南关山月先生之漓江图卷当之矣。仆处东海，关君处南海，维是无夙昔杯酒雅故，故言之不嫌于谀颂。关君展是卷于嘉州，仆往观焉而始惊叹，以为三百年来所未曾有。图大凡长八十余尺，写漓水自导源以迄桂江咸备。丹□翠岳，作风与宋朱锐赤壁图为近（然朱卷甚短促）。使仆昔所梦游而未得者，今乃眴目而尽之，□甲子春夏，仆于役粤西，涉西江，探苍梧，放流而南，睹漓水下流入江之口，而未亲其身，夙引为大憾，闻人言阳朔山水奇绝甲环宇，辄闭目幻象不知作何状？读关君此图而领味其灵神，故知关君丹青之功，亦足以移人而摄神矣。若第举述一二笔法墨诀，皴擦点抹之微以为颂，不知此乃进学之技术，非所以语大方名家。关君此图，已具有境界神灵矣，自当阐叙其大者。后之世有知艺君子，苟厌饫于斯卷，盖将不妄我言也。[1]

“以为三百年来所未曾有”，这样的评语，我想，不是可以轻

① 《学思》，1942 年第 6 期。

易作出的。毫无疑问,关山月的《漓江百里图》是中国现代美术史上不可忽略的杰作。

说到抗战桂林文化城的文学作品,我们常常会提到茅盾的《霜叶红似二月花》。这部长篇小说是中国现代文学史上的杰作。可惜的是,这是一部未完成的杰作,这是茅盾作为一位大作家的遗憾。不过,对于抗战桂林文化城来说,另有一个遗憾,这部长篇小说的内容与桂林毫无关系,与抗战这个时代也没有关系,它与桂林的关系仅仅在于它是茅盾在桂林创作的。

在中国现代美术史上有重要地位的《漓江百里图》则不一样。这幅大画不仅创作于桂林,展出于桂林,而且画的是桂林。关山月在历史上第一次如此大气磅礴地表现漓江,在画纸上展示出漓江全景性的美。

桂林山水对于美术有特别的吸引力。虽然“桂林山水甲天下”这句诗已经流传了800多年,但桂林山水频繁进入中国山水画,严格说来还是在抗战以后。抗战以前,著名画家齐白石曾经来过桂林,画过桂林山水题材的作品,但数量和影响都不够大。因为战争,大批画家来到桂林,桂林山水成为画家创作的一个重要题材。徐悲鸿的《漓江春雨》、张大千的《桂林独秀峰》、关山月的《漓江百里图》皆为传世名作。

我想说的是,在各文艺门类中,美术是抗战桂林文化城最具有“桂”文化元素的艺术门类,因为大批艺术家集聚于这座以山水闻名于世的城市,桂林山水逐渐成为中国山水画重要的原型,桂籍美术家与旅桂美术家真正做到了“美美与共”,桂林山水和绘画桂林山水的美术家成为中国现代美术史绕不开的话题。

文化城对广西的意义

桂林文化城作为一段历史，的确显赫。然而，如果历史只是让后人聊天时足以炫耀、自以为是的谈资，那么，这样的历史究竟有多大意义？

穿行在那些由数以亿万计的文字构筑的历史殿堂中，我常常思考历史具有怎样的价值，抑或意义。

我以为，当一种历史对人类文化的发展、对人类文明的进步产生了推动作用的时候，这样的历史一定是有价值、有意义的。

桂林文化城应该属于这样的历史。

我想用几个历史细节，对比桂林文化城前后的文化情形，说明桂林文化城对桂林和广西文化发展、文明进步的推动作用。

首先说一下《广西日报》。

《广西日报》有一个演变发展的过程。其前身是《南宁民国日报》。1936年，广西省会从南宁搬到桂林，适应当时的需要，把《南宁民国日报》的机件也搬到了桂林,改组为《桂林日报》,后来又改为《广西日报》。仕学《桂林的新闻事业》告诉我们,《广西日报》1937 年 6 月创刊,最初的篇幅是一大张,抗战后缩小为一小张,有重要的消息也出过晚刊。不过,当时桂林人士读晚报的兴趣很少,所以后来索性就是一张四开报纸问世,字体以老五号为主,还有一部分广告,看上去,新闻的确太简单了。当时的销数是约数千。它的新闻完全来自中央社的新闻广播。社论时有时无,读者自然也不苛求它有什么好的内容了。在当时人们的眼里,抗战以前桂林的新闻事业,真是幼稚得可怜,全市仅仅一家《广西日报》而已。而《广西日报》,按梁超史《桂林新闻事业》的评价:论其编排、内容、印刷,实称不上是现代城市的报纸。

变化正是从武汉沦陷发生的。武汉沦陷是桂林成为文化城的起点。

报纸作为当时最具影响力的传播媒介,极其敏感地反映了当时的变化。

1938 年 10 月 25 日,《扫荡报》以英勇的姿态,战斗到武汉保卫战的最后一天,离开汉口;1938 年 12 月 15 日,《扫荡报》在桂林恢复出版,成为桂林文化城《广西日报》之外第二家报纸。

因为《扫荡报》的出现,《广西日报》在桂林一家独大的局面终于改变,仕学在《桂林的新闻事业》中如此评述:

《扫荡报》出版以后,给《广西日报》一个大刺激,它是走向猛晋之途了。首先在二十八年三月间恢复了一大张，跟着字体也换为新五号字为主体，社论也逐日发布了，副刊也配合着抗战的需要，尽量向抗战文艺的路上走。有一个时间，还逐日刊载国内外重要时事铜图。看它不多久又采用横报头，不多久又采用很多很大的花边新闻，不多久又恢复各种形式的标题，就知道它是无时无刻不在力图改进，特别值得一提的是，新闻专电现在也有一些了，专论也不时来上一篇，比起两年以前的《广西日报》，可以说是另是一番面目了。

该报现在的销数，几近万余份。以一个纯地方性的落伍报纸，因抗战而跃进到今天这个形式的报纸，该报负责人的改进毅力是不能不令人敬佩的。

《广西日报》的进步，在当时人们的眼里，是众所周知的事实，梁超史在《桂林新闻事业》中也认为：

《广西日报》系广西省党部、省政府合办的报纸，无论其过去水准如何，然而在广西省政推进的过程中，是尽了号角手的责任。要是说，广西省政著称于中国，《广西日报》的贡献，实在也不可蔑视的。今日的《广西日报》，在编排、印刷、新闻上，都有着显著的进步。据桂林报界老前辈言：今日的《广西日报》，确是至少进步了五十年了。

我们每天展开《广西日报》来看，都可看出他锐意改进的特点，能够和“扫荡”、“大公”一样的，它尽力自收专电，以期新闻报导不落人后，对于外国的时论也很努力的翻译介绍，星期专论，亦极注重。采访方面，因各县的党政工作人员，多是它的通讯员，所以报导本省各县的消息，颇为周详。至副刊的《漓水》，也编得不错，他们这样爱进步的精神，是很值得敬佩的，同时有朋友指出，这就是广西精神。

这是桂林文化城促成的《广西日报》的进步。接下来，我们再看看广西音乐教育的进步。

我们都知道广西是“歌海”，但这个“歌海”是“山歌之海”，而非现代的音乐教育。行健在《广西的歌咏工作》一文中描述了抗战以前广西学校音乐教育的情况：

广西早年的学校唱歌技术，简直坏得不像唱歌，而像是一种随便唱出来的一些“无所谓”的声音。即使唱成了一个歌，也免不了随己所喜加上些油腔滑调的“装饰音”，一提起唱歌便好像一定是女子的事，男人便要唱也常以能模仿女声为荣。学生群、士兵群简直找不出一个完全唱得对的歌，他们将党歌唱成三拍子，“咨尔多士”等八个字唱成四分音符，凡是三连音或半拍子的音准唱错，在他们的间阶中没有“4”或“7”，“4”必唱成“3”，“7”必唱成“1”。士兵和学生的歌唱是直接影响到民众的，兵队每在街上走过一定唱歌，首先是街上的小孩子学会了，回到家里唱出来，给家里的人学会了,他们学得的多半是错误的。在无线电播音事业不发达的地方,在留声机不普遍的地方,人们几乎无法唱到正确的歌唱。一味凭着士兵学生热情的迸发和粗壮的叫喊将发展到怎样呢?

抗战爆发后,广西有关音乐机构联手推广正规的现代歌唱方式:

> 要打开一个新的歌唱风气,得先从知识青年着手,为着这,国防艺术社即与广西音乐会接洽,组织一个"抗战歌咏团"。桂林所有的音乐专门人材都联合起来主持这一工作,教导委员会即由这些人组织而成,他们都是专门音乐工作者,且直接在桂林中等以上学校任音乐教师。同时,并和教厅和县府接洽,凡教厅县府所属的学校学生都规定集体加入抗战歌咏团。
>
> 抗战歌咏团决设高级组以为分配派到各小组的干部。高级组选拔各小学的优秀音乐教师和其他有唱歌素养的青年加以严格训练,当时总负责训练者是满谦子先生,余外还有陆华柏江丽芳张碧如诸先生,他们一方面是高级组的教师,一方面又自行分配到各中等学校组去教授,教导委员会决定一首歌,晚上教高级组数十人唱好,第二天这数十人即分头教他们所担任的单位,所以一首新歌,今天是数十人唱,明天便有数千人唱,各个不同的角落,各个不同的程度

和年龄却唱着相同的歌。高级组所学的不仅是唱歌,还有发音及其他乐理。

他们的推广工作是非常有成效的:

(抗战歌咏团)成立以后一个月即举行一次轰动华南的火炬歌咏大会,参加人数一万余人,以扩音机领唱,铜号伴奏,一时万人空巷,熊熊火炬配合万众歌声,游行行列达数华里。香港某制片公司特辑成声片至各地放映。盛况空前,短时间内,几乎桂林所有小孩士兵都放弃了他们的旧的不好的歌,放弃了旧的不好的唱法,而唱抗战歌咏团的歌。

我接触过一些年逾八旬的老先生,不经意间我发现他们有一个共同的特点,就是能唱许多抗战歌曲,唱词记得牢,发音准。在了解了抗战时期广西音乐教育的情况后,我对这个现象有所理解。桂林文化城大众音乐教育成效是很明显的。

最后说一下出版社。

今天人们都知道桂林有两家出版社,分别是漓江出版社和广西师范大学出版社。人们还喜欢说,在中国,拥有两家出版社的地市级非省会城市是不多的。这也是事实。更重要的是,这两家出版社还非同寻常。20 世纪 80 年代,漓江出版社是优秀的外国文学出版社。21 世纪,广西师范大学出版社是享誉海内外的出版社。这两朵绚丽的出版之花为何落户桂林?这个问题实在不好回答。我们是否能够想当然地认为抗战时期桂林曾有“出版城”之誉为桂林种下了优秀出版的种子？不过，可以肯定的是，桂林这两家出版社多少与抗战桂林文化城有关。比如，漓江出版社的题名者为茅盾，这与茅盾当年旅居文化城多少有些渊源；广西师范大学出版社得以成立据说与林焕平有关，林焕平恰恰是当年桂林文化城相当活跃的文学评论家。

不过，这些都是后话。回到抗战时期的桂林文化城，我要说的出版社是文化供应出版社。

当年桂林文化城有商务印书馆桂林分馆、中华书局桂林支局、生活书店桂林分店、新知书店、读书生活出版社桂林分社，这些鼎鼎有名的出版社，大都是分社，或者是因为战争迁徙到桂林的出版社，而文化供应出版社则是广西本土的出版社。

文化供应社可以说是广西半官方的出版社，其发起人大半是广西省当局的负责者，董事长是广西参议会议长李任仁，实际主持人为陈劭先。中共秘密党员胡愈之曾参与策划文化供应社的筹备工作。胡愈之、傅彬然先后做过编辑部的负责人。宋云彬、曹伯韩、邵荃麟等均为编辑，全社职员有四五十人之多。涵紫《一年来的桂林文化界》如此评价：“凭着雄厚的资金，以及种种有利条件，文化供应社俨然成为目前桂林出版业的巨擘，最近二三年所出版的书籍数目，足以压倒其他任何出版机关。”

这一桂林出版业的巨擘，在推进广西地方文化事业上，颇有建树。涵紫《一年来的桂林文化界》告诉我们：

在推进广西地方文化事业上，文化供应社因为得地方行政机关的协助，已经收到了相当大的效果。譬如：各种中小学生的课外补充读物，通过教育机关之手，有计划地播送到青年学生群中，各种通俗读物的小册子，以及连环图画，常识挂图等，也通过各种县立图书馆及乡镇公所的关系，大量地散播到民众中去。广西省内许多偏僻的小县，从前没有一点文化影子，现在则经常可以看到文化供应社的出版物了。

1984年我曾经带学生在藤县中学教育实习，闲暇时间就待在藤县中学图书馆读书。我印象最深的是，在这个图书馆，保存了大量民国时期的出版物。可惜当时我对桂林文化城几无所知。我无法证实这是当年文化供应社供应的图书。但是我推想，在广西那些未被损毁的老学校，或许至今还保留着文化供应社供应的图书。当年广西这个偏远山区，的确需要这样的文化供应。

文化城的报纸

抗战时期梁超史《桂林新闻事业》一文中有这样一段话："桂林的'文化城',既与重庆的'政治城'、贵阳的'交通城'、昆明的'商业城'等量齐观,而称为今日中国四大名城……"从这段话,我们可以确认,抗战时期,"文化城"是独属于桂林的称号。

文化,具体地说,大致包括教育、文学、艺术、新闻、出版、自然科学研究、社会科学研究等方面。

抗战时期的桂林,在文化领域的各个行业都有突出的表现。仅以新闻的报纸行业为例,我阅读过多篇抗战时期发表的有关桂林报业的文章,稍做统计,抗战时期的桂林大致出版过 13 种报纸,它们是《广西日报》《扫荡报》《救亡日报》《力报》《大公报》《广西晚报》《大公晚报》《自由晚报》《桂林晚报》《辛报》《戏剧日报》《小春秋》《星期□报》。《星期□报》是在梁超史

《桂林新闻事业》一文中看到的,其中第三个字看不清楚,只好用符号□代表。

十三种报纸,其中大约半数属于全国性的报纸,如果了解当时中国的报业形势,说桂林是当时中国的新闻中心之一,似不为过。

《广西日报》虽然是桂林抗战期间第一家大报,而且销量也不小,但它作为广西省政府机关报的性质决定了它只是一份地方性报纸,它的较大销数也是依靠广西地方行政机构的订阅。不过,随着《扫荡报》和《救亡日报》等报纸进入桂林,桂林进入报业的"战国时代"。《广西日报》虽然有地方政府的强力支持,在经济上无后顾之忧,但在办报质量上也不得不精益求精。关于这一点,当时许多文章有所提及。涵紫的《再谈桂林文化界》一文就注意到香港沦陷之后文化人大批回到桂林时《广西日报》的特点:

> 《广西日报》最大的特点是:每周都有一篇精粹的"星期论文"。过去一二年,胡愈之、千家驹、张志让、张铁生等都是"星期论文"的执笔者。此次从香港归来的文化人如金仲华等的文章,也是首先在《广西日报》上登载出来。二十九年以前,诗人艾青,曾主编过《广西日报》副刊《漓水》。

胡愈之、千家驹、张志让、张铁生、艾青都是当年全国著名的进步文化人,胡愈之更是新闻出版行业的中共秘密党员,他们在

《广西日报》上发表文章,以及艾青主持《广西日报》的副刊,这些外省文化名人效力于《广西日报》,自然增强了《广西日报》的影响力。

1938 年武汉沦陷不久,桂林版《扫荡报》进驻桂林,打破了《广西日报》在桂林独家经营的局面。涵紫在《再谈桂林文化界》一文中指出:

> 《扫荡报》是桂林的第二张大报,它直接隶属于重庆"军委会政治部",为黄埔系的机关报。日销约近两万份,读者主要是军人,所以《扫荡报》注重的也是军事消息。桂林《扫荡报》的工作人员,大部分是武汉时期的旧人,主持人是易幼涟。《扫荡报》因为总馆设在重庆,所以它的新闻也如《大公报》一样,可以抢在别人的先头。

桂林版《扫荡报》的主办方是军委会政治部,这个身份决定了它不是地方性报纸,而是全国性报纸。《扫荡报》是最早进驻桂林的全国性报纸,打破了桂林报业的地方局限,使桂林成为全国新闻中心的一个桥梁。仕学《桂林的新闻事业》认为"《扫荡报》为桂林新闻事业开了一个新的时代,这是西南新闻史上一大收获,不有《扫荡报》的南迁,桂林新闻事业绝没有今天的地位"。当然,桂林版《扫荡报》的价值不仅在于它的身份,而且在于它的品质,它进驻桂林,直接带动了桂林报业量与质的提升。《扫荡报》有不少可圈可点之处,仕学《桂林的新闻事业》提到

《扫荡报》一件事情,尤其值得一提:

> 前年(1939)盛传南宁克复,桂林各报都发了号外,次日也还照登此讯。该报不仅未发这种错误的号外,而且第二天指明我敌相持于三四塘间,可见其慎重之一斑。

这件事情,说明桂林版《扫荡报》对消息的真实性的高度重视。而这份以军事新闻为主要内容的报纸,其对消息真实性的坚守,是非常可贵的。夏衍的回忆录里,曾经提到他与桂林版《扫荡报》的总编辑钟期森的交往,并对钟期森其人进行了较为正面的回忆。可惜在1944年9月的桂林撤退中,钟期森不幸身亡于"苏桥惨案"。

今天我们最熟悉的《救亡日报》是抗战时期在桂林出版的第三家报纸,也是《扫荡报》之后第二家在桂林出版的全国性报纸。社长郭沫若,总编辑夏衍,都是赫赫有名的人物。如今,当年十多个报社的遗址已荡然无存,但救亡日报社的遗址得到了较好的保护。《救亡日报》是一份四开一张的小型报纸,最初在上海创刊,之后转移到广州,再后来转移到桂林,1939年1月10日在桂林出版第一张报纸。《救亡日报》虽然版面小,销售数也不算多,但作为一份"文化人自己经营的报纸",具有"文章多于新闻"的特点,在文化界有较大的影响。夏衍在他的回忆录曾经谈到,从上海而广州,从广州而桂林,他是到了桂林时期,才逐渐学会了办报纸。

《救亡日报》之后,进驻桂林的第三家全国性报纸是《力报》。涵紫的《再谈桂林文化界》告诉我们:

《力报》的前身,就是从前湖南邵阳的《力报》。二十八年邵阳《力报》因故被封,一部分旧人即来桂林创办《力报》,另外一部分则在衡阳恢复《力报》,成为对峙的局面。桂林《力报》的经济情况十分窘困,所以设备比较简陋。新闻来源除了"中央社"的电讯之外,没有别的什么办法。所以它和桂林其他各报竞争的唯一办法,就是提早出版时间。不过《力报》的副刊《新垦地》,倒是一个非常出色的纯文艺副刊,青年学生非常爱读,聂绀弩和葛琴曾经先后主编过。前年聂绀弩主编的时候,曾和西南联大林同济,沈从文他们开过笔战,双方争论的问题是:"妇女应否回到厨房去?"这场笔战一直延长到两个多月,着实热闹过一番。去年听说重庆"宣传部"准备以十万元的代价,强迫收买《力报》,使它成为直属的党报,最近不知《力报》的情形如何了。

《力报》受到青年学生的欢迎,这在梁超史《桂林新闻事业》一文中得到证实,文中说:

《力报》是以青年学生为主要读者,因为今日青年是将来的主人翁,而且可塑性很大,能好好地为青年读者而努力,工作成效是可观的,所以该报对副刊,特别注重,其"新垦地”，系专为青年学生的读物，它不但是颇负时誉，事实上，也抓住了不少青年学生。因此，学校假期，销路必减，假满销路又增。做报做人，唯有明朗的个性，才有特殊的成就。《力报》当局，希望《力报》成为青年学生的报纸，立意正确，存心也远大。

在桂林各种报纸中，影响最大的是桂林版《大公报》。桂林版《大公报》销量最多，每天销三万多份。在我所读到的对桂林报纸的评价中，桂林版《大公报》得到的赞誉是很多的，这里暂不引录。不过，仍然有读者对该报有微词。比如，涵紫的《再谈桂林文化界》这样分析桂林版《大公报》：

人们所以爱读《大公报》，是因为它具有两个特点：第一是专电多，许多重要新闻比别家报纸早，第二点是批评的犀利和敢言。专电多是因为内地比较大的城市如衡阳、曲江、长沙等处，《大公报》都有特派记者驻在那里，直接采访当地的新闻，电告报社。其次是《大公报》总馆在重庆，凭着它的优越地位，许多国内外的重要新闻，往往比别家报纸早得多，得到以后，立刻电告桂林分馆，所以《大公报》在时间上，总比桂林别家报纸抢先一着。评论的犀利敢言，是因为《大公报》对重庆一切政治设施的批评指摘，往往出之于重庆的授意，所以它的发言要比别家报纸便利得多。因此也有人说《大公报》是蒋的代言人，它的评论无异是和政府唱双簧。

“对重庆一切政治设施的批评指摘,往往出之于重庆的授意。”“《大公报》是蒋的代言人,它的评论无意是和政府唱双簧。”显然,对桂林版《大公报》的这种看法是具有某种代表性的。

此外,《自由报》创办于1940年,这是桂林第一家晚报,仕学《桂林的新闻事业》认为“该报颇注重趣味,电讯材料自然不够,而比较适合一般人的胃口。不过,还能保持抗战中新闻事业净化的规律,并不是过去的所谓黄色新闻。副刊很生动,《桂林夜话》一栏,每日摘录桂市动态数事,予以褒贬,颇能吸收一部分读者”。

《自由报》之外,当时桂林还有过《大公晚报》和《桂林晚报》。《大公晚报》自然是由《大公报》主办,《桂林晚报》则由桂林行营政治部主办。

我这里只是随意摘引一些当年读者对桂林报业的评论。从这些评论,我们应该可以看到抗战时期桂林报业的繁荣景象,而这正是桂林作为抗战文化城不可或缺的一个重要组成部分。

桂林的文化区——良丰

曾经有这样一种说法:“桂林是大后方的文化城,良丰是桂林的文化区。”

这句话出自一篇题为《良丰文化风景线》的文章。这篇文章发表于 1944 年 1 月的《大公报》。

良丰指的是哪里呢?

我推测,良丰大约包括如今的良丰农场、雁山公园、大埠和广西植物研究所这些地方。

我们都知道广西师范大学的前身广西省立师范专科学校创办于雁山公园(当时叫西林公园),1936 年广西省立师范专科学校停办并入广西大学,广西大学入驻雁山公园。不过,广西大学实在太大,它有法商学院、理工学院、医学院和农学院,雁山公园容纳不了它。查阅广西大学的历史,可以发现,它同时还在桂林将军桥、桂林李子园、柳州沙塘等地办学。将军桥即如今桂林人习惯称之为陆军学院的旧址,李子园即如今乐群路的桂林医学院本部,不过,广西大学本部仍然在良丰,在雁山公园。

当时的广西大学法商学院设有法律、政治、经济、会计银行四个系,共有学生 700 多人,教师近百人;理工学院设有数理、化学、土木工程、机械工程、电机工程、矿冶工程、化学工程七个系,共有学生 800 多人,教师近百人。这两个学院都在良丰。这两个学院的近两百名教师,其中不少是当时各个领域的重要人物,比如法商学院的盛成、漆淇生、庄泽宣,理工学院的笪远纶、丁绪贤、李运华、卢鹤绂等。隔行如隔山,外行人或许没听说过这些人物的名字,但如果上网搜索一下,就会发现都是中国现当代科技史不可忽略的人物。除了近两百名教师,还有逾千名学生,考虑到每年有新生入学,有老生毕业,人数可能就不是一千多,而可能是数千人。广西大学的学生,后来成名成家的很不少,可惜我们在这方面缺乏记录和研究。

广西大学除了法商学院和理工学院在良丰,还设了一个先修班和一个附属小学在大埠。

从良丰农场到雁山公园再到大埠,当时广西大学的占地面积还真不小。

然而,良丰远不止有一个广西大学,它还有一个省级的科学馆和三个国家级的研究所。

这个省级的科学馆即桂林科学实验馆。如今的桂林人或许知道桂林有个广西省立艺术馆,是戏剧家欧阳予倩主持的,在解放西路桂林中学对面。然而,大多数桂林人都不知道,当年桂林还有过一个桂林科学实验馆,这是地质学家李四光主持的,虽然机构已经不复存在,但当年的建筑还在,即在今天的广西植物研究所大院内。2015 年 11 月,我还专门去参观过。

知道广西大学的人很多,知道桂林科学实验馆的人很少,这里不妨多用一点笔墨。

民国时期,桂林曾经有过两个科学馆,一个叫广西省立科学馆,据 1949 年出版的《桂林市年鉴》,可知其前身是广西省立博物馆,创始于 1933 年,初在南宁,1940 年迁往桂林,当时借文昌门外省立忠烈祠为馆址,1943 年改组为广西省立科学馆。另一个即李四光主持的桂林科学实验馆。

根据李四光的回忆,当广西大学还在梧州的时候,李四光与马君武就有在梧州广西大学内设立一个科学实验馆,招纳技术人才,从事种种战时必需的物资器材研究的想法,而且得到李宗仁的同意。可惜不久后卢沟桥事变爆发,马君武又一病不起,这个想法未能马上实现。

1937 年 12 月,李四光率领中央研究院地质研究所到了桂林,再次见到马君武,旧话重提,在广西办一个科学馆,两人当即去见广西省长黄旭初,黄旭初很赞成这个想法。

于是,1938 年 7 月,广西省政府决议通过了《桂林科学实验馆组织大纲》。该大纲明确了桂林科学实验馆的任务:一是应用自然科学从事研究各项实际问题;二是搜集各项可供科学研究之材料,并设备各项科学工作必需之工具;三是协助广西科学教育之发展。

1941 年,桂林科学实验馆成立将近三年,李四光在《建设研究》上发表了一篇文章——《桂林科学实验馆概况》。文章具体说到从桂林科学实验馆发展为广西科学实验馆所做的一些工作,如代广西省政府设计并制造收发报机共 21 套;代交通部制造振子整流器 30 余件,供长途电话局用;代四川地质调查所制造振子电源器一套,供探矿使用;搜集广西全省各处之矿产岩石化石标本并分类陈列,调查广西地层发育之情形,已制定地层层序图表 30 余幅,测制广西全省五十万分之一地质图;等等。

桂林科学实验馆为什么能做出如此重要的成绩?一个重要的原因在于,当时的良丰还有中央研究院下辖的三个研究所。

这三个研究所分别是李四光担任所长的地质研究所、丁西林担任所长的物理研究所和汪敬熙担任所长的心理研究所。

四川宜宾有个李庄古镇,抗战时期中央研究院的历史语言研究所(简称史语所)驻扎在那里,李庄因此爆得大名。相比之下,桂林的良丰,抗战时期驻有中央研究院三个所,却几乎不为人知。

在驻扎良丰之前,地质研究所和物理研究所曾经在环湖东路合租楼房办公。不久楼房被炸,只好搬到乐群路四会街。在四会街驻了两年,地质研究所和物理研究所搬到了良丰。

在桂林的中央研究院三个所究竟在良丰什么地方,我曾经专门到广西植物研究所询问了有关人士,他们说就在他们所内,并带我去看了那个位置。当年的建筑已经完全没有遗存,但愿今后有关机构能够在中央研究院三个所的所在地建立一些指示标识。

在《良丰文化风景线》这篇文章中，我们可以看到，除了广西大学，桂林科学实验馆，中央研究院地质研究所、物理研究所和心理研究所，良丰还有不少文化机构，如为纪念唐景崧而创办的景崧中学、由广西大学校长李运华兼任校长的高级工业学校、良丰学生服务处、农林部第三兽疫防治总站、中央畜牧实验所西南工作站、家畜保育所、中国汽车制造公司桂林分厂、新友企业公司。谁能想得到，抗战时期竟然有这么多文化、教育、科学机构云集良丰。因此，《良丰文化风景线》的作者，在提到良丰是桂林文化城里的文化区之后，还预言良丰今后会成为“小桂林”。

至少，在整个20世纪，这位名叫子予的作者的预言未能实现。20世纪90年代，我曾经参观过广西师范大学的创办地、广西大学的校址——雁山公园，真的是破败得很。不过，进入21世纪之后，我们发现，大约是因为一位颇具经济实力的文人进入，雁山公园得到了保护性的修葺。几乎同时，桂林旅游高等专科学校(今桂林旅游学院)也搬迁到了良丰。又不久，仿佛冥冥中一种力量，曾经创办于雁山公园的广西师范大学又在雁山建立了新校区。紧接着，桂林理工大学，也在广西植物研究所的旁边建立了新校区。桂林理工大学的前身是桂林地质学校，直属国家重工业部，最早的两个专业分别是地质和物探。联想到李四光曾经担任国家地质部部长，那么，桂林地质学校的创办是否与当年中央研究院地质研究所曾在桂林有某种渊源呢？

那么，这个拥有了广西师范大学、桂林理工大学、桂林旅游学院、广西师范大学漓江学院、广西植物研究所、广西桂林农业学校等众多教育、科学机构的新良丰，即今天的雁山，会不会成为今日桂林的文化区呢？

八桂厅·广西建设研究会

1930年,经过多年征战,数番沉浮,特别是由于桂系二号人物黄绍竑脱离桂系,桂系领袖们检讨得失,认识到以往失败的主因是“团体没有政治基础”,“常为人目之为地方性军事势力”,“只靠军事取胜是一种错误”,要成大事,必须有高度忠诚、凝聚的组织。因此,1930年9月,李宗仁、白崇禧在柳州成立了秘密政治组织“革命同志会”。1932年,李宗仁、白崇禧将“革命同志会”改组为“三民主义革命同志会”。1934年,李宗仁、白崇禧将“三民主义革命同志会”改组为“中国国民党革命同志会”。这一数番更名的机构,是“新桂系的秘密决策机关和核心组织”。

1937年,全面抗战开始,新桂系解散了中国国民党革命同志会,建立了公开合法组织广西建设研究会。关于广西建设研究会的成立,《广西之建设》有专门说明:

自抗战以后，建设之客观环境，既已大异于前。而国家今后对于本省建设之需求，亦愈加重大而急迫。则本省今后建设，在计划上不能不重新研讨，使对于客观环境，无互相凿枘之堪虞；在实践上不能不加紧迈进，使对于抗战需求收密切适应之奇效。因此，设置研究机关，兼采学理与经验之优长，对今后建设进行，作通盘之筹划，以备当局参考咨询，实深感有其必要。本省党政军最高当局有鉴于此，爰有组织本会之举。

李宗仁对广西建设研究会极其重视，1937 年 10 月 9 日，即李宗仁离桂北上抗日的前一天，广西建设研究会召开成立大会，李宗仁亲致开会辞，指出：

我们这个研究会，成立于我们民族对外积极抗战之今日，实负荷了一种异常严重的使命。

这次战争关系到我们整个国家民族的存亡……我们要能得到最后的胜利，决不是单纯地靠军队以武力所能达到目的的。必须举国一致，以持久的毅力，为坚忍不拔百折不挠的奋斗，始足以杀敌致果与靖难复兴的。因此，政治战、经济战、文化战实较之军事战尤为重要。而正确的政治路线更为决定战争胜负的重要关键。

本会负责研究的范围，只限于政治、经济、文化三个部门，而在这三个部门中我们所尤应注意的是文化建设。因为文化为一切建设之母。而我们的国家又是有名的文化古国，我们有五千余年的光华灿烂的历史，即充分证明我们的文化的妥当性，所以我们必须把我们的固有文化，发扬光大，以使我们民族的自信力提高，而后我们民族的复兴才有达成的希望。

很难想象作为军人的李宗仁对文化的认识如此深刻，尤其是把文化的地位提到如此之高。尽管李宗仁创立广西建设研究会有相当复杂的主观思想，但是，客观上，广西建设研究会确实为桂林文化城吸纳了一大批中国的文化精英。

广西建设研究会由李宗仁亲任会长，白崇禧、黄旭初任副会长，李任仁、陈劭先、朱佛定、黄同仇、韦永成为常务委员，下设政治、经济和文化三部，皆聘有研究员，其中不少人兼两部研究员。成立之始聘定三部研究员共 56 人，至 1938 年底增至 145 人，1939 年 9 月达 203 人，最多时达到 300 余人。研究员“或为省府总部现任高级官长，或在省党部、省府、总部、省银行等机关任职，或在广西大学任教授职员，或为中央与各省迁桂之机关学校高级职员及教授，余为专家学者。仍以在本省党政军机关任顾问参议咨询者为多”。当时闻名于全国和广西的许多学者专家如白鹏飞、张君劢、邱昌渭、黄季陆、雷殷、黄蓟、马君武、黄钟岳、苏希洵、邓家彦、黄景柏、张映南、邓初民、陈豹隐、盛成、胡愈之、张志让、千家驹、李达、李四光、陶孟和、李运华、张先辰、刘介、唐现之、雷沛鸿、苏国夫、谭辅之、黄现璠、杨东莼、任中敏、吴伯超、张铁生、欧阳予倩、夏衍、范长江、林砺儒、邵荃麟、宋云彬、莫乃群皆为研究员。

广西建设研究会设在桂林旧藩署八桂厅。八桂厅位于桂东路(今解放东路)南侧。当时的八桂厅小桥流水,古树浓荫,亭台楼阁,曲径通幽,春夏百花吐艳,秋来丹桂飘香,还有花神祠、花神墓和登庆桥。之所以叫八桂厅,是因为种植了八株茂盛的桂花树。清代,这里是藩署后花园;旧桂系时代,这里是陆荣廷驻跸处;新桂系时代,其为李宗仁官邸。1922 年 1 月,蒋介石应孙中山之召第一次到桂林,就下榻八桂厅,他在日记中对八桂厅极尽赞美之词:“是晚居入旧藩署八桂厅,绝境清幽,园林亭树,到眼成趣。”他还专门在八桂厅前留影,并寄给远在苏联的蒋经国,在给蒋经国的信中,盛称“住所之佳,八桂厅之美”。1938 年 12 月 1 日,蒋介石到桂林,重温旧梦,再次下榻八桂厅。其时日军侦悉蒋介石到桂林的消息,于 12 月 2 日上午对桂林实施了大轰炸,幸好蒋介石当天去兴安灵渠观光,避开了这场专门针对他的大轰炸。

广西建设研究会实为抗战时期桂系的智库,它“使平日擅长学理研究者与平日负担各方面之建设实际责任者,均能聚首一堂,交换心得,从长计议,以求获得关于建设问题之妥善方法”。

抗战时期,这些客居或世居广西的官员学者,于八桂厅济济一堂,实为桂林历史上一大文化盛事。如果说广西师专成立于雁山公园,是为桂林文化城打开了一扇迎接全国各地文化人的大门,那么,广西建设研究会成立于八桂厅,则是为桂林文化城布置了一个供全国各地文化人激活思想、砥砺学问的客厅。这些才学兼具的人物,风云际会,因缘际会,演出了一幕幕影响中国现代历史进程的大戏。

中国首次火炬公唱发生地

如果说雁山园是桂林文化城的一扇门，八桂厅是桂林文化城的客厅，那么，公共体育场就是桂林文化城的广场。

公共体育场创始于1925年，原设于桂林右营衙门旧址，称为省立第三公共体育场。1936年广西省会迁到桂林，人口增多，省府乃令旧抚台衙门及府城隍庙桂林公安局中区分局全部房舍与毗连之民房数十间，概行拆为场地，成为一个规模较大的体育场。

当时的桂林公共体育场，为防止公私车辆行驶和摊贩入场售货，四周设有木栏杆；为壮观瞻，还设有牌坊式正门三座；场内有司令台，有成人足球场、儿童游乐园、小型足球场、成人网球场、篮球场、排球场、游泳场、跑马道。每天到体育场运动的市民有2000人以上。

卢沟桥事变发生之后，桂林公共体育场在供市民体育运动的功能之外，有了一个新的功能，成为市民举行公唱、歌咏、集会、演讲、游艺、话剧演出、美术展览的重要场所。

抗战时期桂林公共体育场举行过的文化活动不计其数，这里仅举两例。

许多文献都记载了桂林抗战歌咏团一次大规模的歌唱活动，那是 1938 年 1 月 8 日晚上，在桂林公共体育场举行的“火炬公唱大会”。

据 1938 年出版的《抗战中的广西动态》介绍，桂林的抗战歌咏团，工作分三个时期，第一期为高级组的训练，内容是推动桂林市区各中等以上学校和省立小学的歌咏工作。1938 年1 月 8 日晚上的“火炬公唱大会”就算是第一期工作的总结。这也是抗战时期桂林第一次大规模的群众歌咏活动，演唱的歌曲主要有田汉作词、张曙作曲的《胜利的明天》，冼星海作曲的《保卫祖国》，麦新作曲的《大刀进行曲》以及陆华柏的《战歌》等。文中记载：“那天参加公唱的有一万人以上，平均每六人执火炬一支，据说当时的情形热烈极了，几乎整个桂林都给埋在火炬之光与救亡歌声之中了。”①

半个多世纪以后，音乐家陆华柏在回忆他亲历的这次火炬公唱大会时，仍然很激动：

这天，夜色初临，各路歌咏大军从四面八方涌向体育场

① 一凡编：《抗战中广西的动态》，上海抗战编辑社，1938，第 66—67 页。

集中，除高级组外，尚有桂林女中、桂林高中、国民中学、桂林初中、省立实验基础学校、中山纪念学校以及各镇中心基础学校全体员工，还有不少看热闹的市民群众，一时体育场人头攒动，一片人的海洋。

声势浩大的群众歌咏活动开始，由满谦子充总指挥，以手电筒光点代表拍点，台前绥署军乐队伴奏，规定高音，在统一指挥之下，万众一“声”，声震桂山漓江，气壮山河。唱罢主题歌，全体歌咏团员手持火把，以绥署军乐队为前导，列队上街游行，并各自唱着各种救亡抗战歌曲；路旁观看的市民拥挤，几乎途为之塞。

桂林籍音乐家满谦子之子满近朱在《满谦子年表》中也专门详写了这次“火炬公唱大会”：

在军乐队的伴奏下，满以手电筒当指挥棒，并通过扩音器，领唱了“胜利的明天”，然后歌咏团员手持火炬上街游行，万人空巷，全城沸腾。最后返回体育场，围着篝火继续高歌至深夜。据悉，后来美国总统罗斯福看了新闻影片的报导，为之动容。

当时桂林文化城最重要的本土文化人之一李文钊曾撰文指出，这次“火炬公唱大会”，“在全国说，是最早的创举”。

1939 年 7 月 7 日，为纪念七七事变两周年，全国许多城市纷纷集会,示威游行。桂林也举行了盛大的纪念活动,从早晨6点开始,数万名手持写着标语的各色小旗的群众,就由四面八方云集公共体育场。大会举行了隆重的开幕式、献旗仪式,向为国捐躯的将士致哀,通过了向领袖和前方将士的致敬电,举行战利品展览会。集会在夜晚达到高潮,发表演说、演出街头剧、举行了万人火炬游行。

艾青最负盛名的长诗《火把》从头至尾记录了当时的场面。

无数的人群站在他的前面
无数的耳朵捕捉他的语言
这是钢的语言矿石的语言
或许不是语言是一个
铁锤拼打在铁砧上
也或许是一架发动机
在那儿震响那声音的波动
在旷场的四周回荡
在这城市的夜空里回荡

这是写的体育场演说的情景。

在这样的火光里
没有一个人的脸不是美丽的
火把愈来愈多了

愈来愈多了 愈来愈多了
火把已排成发光的队伍了
火把已流成红光的河流了
火光已射到我们这里来了
火光已射到我们的脸上了

让我们每个都成为帕罗美修斯
从天上取了火把逃向人间
让我们的火把的烈焰
把黑夜摇坍下来
把高高的黑夜摇坍下来
把黑夜一块一块地摇坍下来

这是写的火把游行的场面。

1939 年 7 月 7 日夜晚,桂林公共体育场这次规模盛大的火把游行,长久地停留在艾青的记忆中,沉淀、发酵,长达十个月,长达一生,最终酝酿成中国现代文学史的杰作——长诗《火把》。

从 1949 年的桂林市区图,可以清晰地看到,桂林体育场位于依仁路南、正阳路西,与如今桂林中心广场有部分重叠,但面积应该比中心广场大。20 世纪 80 年代,体育场西侧搭建了许多临时铺面,即所谓小香港。世纪之交,桂林城市改造,小香港从地面下降到地下,体育场变成了中心广场。

长达数十年的时间里,体育场是桂林各中学田径运动会的公共场所。我在小学的时候,曾经在体育场参加过桂林市小学的篮球比赛;中学的时候,在体育场参加过我所在中学的田径赛,当时我参加的项目是800米跑。如今,曾经作为中国抗战文化运动中心广场的体育场已经被中心广场取代,对此,我唯有唏嘘。

胡政之创办桂林版《大公报》

各种关于桂林文化城的文章,极少有提到胡政之的。然而,胡政之却是桂林文化城绕不过去的重要人物,因为,他创办了桂林版《大公报》。

在桂林文化城出版的所有图书、期刊和报纸中,没有哪个比得上桂林版《大公报》。《大公报》是民国时期中国最具影响力的报纸,桂林版《大公报》创刊,最大程度地吸引了国内外中国报纸读者的眼球。

不是吗?

桂林版《大公报》是 1941 年 3 月 15 日创刊的。仅仅一个月,1941 年 4 月,胡政之收到美国密苏里大学新闻学院教务长马丁信函:"将本学院今年颁赠外国报纸之荣誉奖章一枚赠与贵报。”①

奖状里有这样一段话：

> 该报能在防空洞里继续出版，具有非常的精神和决心。而且该报不顾敌机的不断轰炸，在岩洞里办报，保持了在中国报纸中最受人敬重、最富启迪意义和最精粹的特殊地位。②

读起来，这个给予《大公报》的授奖词好像是专门为桂林版《大公报》写的，因为，桂林版《大公报》正是在岩洞里办报。这个岩洞，名叫星子岩。如今，如果有人问桂林的星子岩在哪里，我相信，除非他遇到专门研究桂林文化城的专家，否则，几乎不会有人知道。

1949年4月14日，中国报业巨星胡政之陨落。第二天，上海《大公报》刊登社评，专门写到胡政之创办桂林版《大公报》的情况：

> 及二十九年，目睹太平洋局势日恶，香港将有问题，乃于是年冬只身赴桂林，度量情形，决定创设桂林版。所择地址为七星岩后之星子岩，离城约三里许，一片荒地，人烟稀

① 胡玫、王瑾编：《回忆胡政之》，天津人民出版社，2009，第274页。

② 罗海雷：《我的父亲罗孚——一个报人、“间谍”和作家的故事》，天地图书有限公司，2011，第27页。

少,于是斩荆辟莱,建筑社址,三十年三月十五日桂林版发刊。是年冬香港果陷落,港馆同人次第到桂,继续工作。先生料事之明决果断,大率类此。①

桂林版《大公报》总编辑徐铸成也说过:

旧《大公报》的总经理胡政之,是颇有点远见和魄力的。当香港还在纸醉金迷、灯红酒绿,“敌军决不会南进”论甚嚣尘上的时候,他就看到这个“海外桃源”总有一天会毁灭。在 1940 年初,他就未雨绸缪,亲自到桂林觅地造屋,并陆续运进几架平版印报机及其他必要器材,建立起一个报馆;1941 年初,创刊《大公报》桂林版,作为香港版一旦被迫停刊后的退步。②

胡政之选择的这个地方就是星子岩,在如今桂林普陀路和朝阳路交叉处西北角,面对普陀路。沧海桑田,这个岩洞当年是中国最有影响力的报纸的所在地,如今,却无人问津,哪怕走到它面前,不仔细观察,也不会知道这里是一个岩洞,更不会知道这里曾经是《大公报》桂林馆。

徐铸成多次描述过星子岩:

① 《悼胡政之先生》,上海《大公报》1949 年 4 月 15 日社评。

② 徐铸成:《报海旧闻》,生活 · 读书 · 新知三联书店,2010,第 351 页。

胡政之选定的馆址，是在七星岩左侧的一个小山麓。这座小山，高不过几十米，山脚有几个小洞，大的可作机器间，小的则备职工防空，不知是原有的名称，还是自己杜撰的，我们大家叫它星子岩——是七星岩的“小仔”。①

星子岩者，乃七星岩后侧一独立小山。《大公报》社即建址于是，山有岩洞，可以安放机器房，并可为职工躲警报之用。馆舍虽木结构，亦楚楚整齐。编辑部、经理部、工厂及职工宿舍，简单而完备，并有一小礼堂供应酬、集会之场所；平时可为职工业余文娱之地，胡先生及文彬兄（王文彬，时为桂林馆副经理，驻桂逾三年，和各方关系很好）擘画有方，尤足见胡先生之远见。②

创办桂林版《大公报》，充分体现了胡政之远见卓识和办事才能。几乎可以说，桂林版《大公报》是他一个人一手创办的。原来《大公报》记者尹任先这样说，“近十年来，政之先生以办桂馆前后最为兴奋”，“在桂馆刚出版时，一切事几全要他躬亲”，因为创办桂林版《大公报》太不容易，以至于胡政之事后有感而发：“遇事不能胆怯，也不能任性，有时正面碰钉子是免不了的，但要耐着性子去想方法，不能灰心，必要时，不惜兜圈子来达到目的。一件事的成功，必要具备毅力、耐性和勇气，年轻人千万

---

① 徐铸成：《报海旧闻》，第 352 页。

② 徐铸成：《徐铸成回忆录》，生活·读书·新知三联书店，2010，第 89 页。

不可使性子！”[①]

其实，创办桂林版《大公报》，不仅体现了胡政之的远见卓识和行事才能，而且，还能体现胡政之思想的深谋远虑和行事的长期积累。早在1935年初，胡政之曾经在广东旅行四天，在广西旅行十天，对两广进行了深度考察，并撰写了《粤桂写影》记述了他的观感。

虽然标题为“粤桂写影”，但内容却是一边倒地写广西。文章开门见山：

> 从广东到广西，最易叫人感觉到的便是广东富而广西贫，广东大而广西小；但是广东吃亏就在富而大，广西却因贫而小反得便宜。他们因为贫，所以上下一致，埋头苦干，因为小，所以官民合衷，感情融合。又因为自知其为贫而小，所以当局的人们，非常虚衷谦抑，很欢迎外省人士的合作与批评；办事虽然带一点“土气”，然而诚实有朝气，是在任何地方没有如此普遍的。……我们在各处遇见广东人，几乎一致不满于广州现政权，到了香港，所听攻击粤省当局的论调更多；惟有广西，从梧州到柳州桂林，随时随地，都看得出上下协和、军政民团结一致的精神。广东官民苦乐贫富，相差甚远，广西却可以说是“共苦均贫”，这是广西上下融洽的原动力。美国艾迪博士前月在广西视察，认为非常满意，他有一篇文章，叙述感想，中有一段说道：若杂处民间

① 尹任先：《政之先生谈片追记》，香港《大公报》1946年4月21日。

而随处可闻人民讴歌官吏之德政者，我惟于广西一省见之。人民之言曰：吾省之官吏皆努力而诚实，其中多有一贫似吾辈者，彼等绝无赌博浪费贪污等弊，且早眠早起，清晨七点半即在办公室矣。这些话都是事实。总之，广东官民之间，虽不尽是相抗对峙，至少是界限分明，广西却是浑然一体！①

我想，正是因为1935年胡政之已经对广西有了深度了解，他才能够在1940年未雨绸缪做出决断到桂林创办桂林版《大公报》，而且，他与广西当局有相当一致的认同，他的决断才能得到广西当局的帮助支持。

1941年4月15日，桂林版《大公报》发表社评《广西精神》。这正是胡政之的安排，对此，《大公报》桂林馆副经理、《广西精神》作者王文彬专门回忆过这件事："有天，胡先生在胡公馆约我谈话，主要教导我学习写社评的重要性，并出了一个题目，让我试写'广西精神'的艰苦奋斗，加强本报和广西当局的联系，争取广西读者对本报的支持和帮助。我试写了这篇社评，经过胡政之先生修改后发表。"②

桂林版《大公报》1941年3月15日创刊，1944年10月13日停刊。时间长达三年半。

---

① 胡政之：《粤桂写影》，黄伟林编《抗战时期桂林文化城史料汇编·广西人文卷》，2015年内部印制，第73页。

② 王文彬：《我与大公报·抗战六年在桂林》，胡玫、王瑾编《回忆胡政之》，2009，天津人民出版社。

抗战时期的湘漓源头辨

湘漓源头辨析是一个专业性很强的问题,大概直到清代才基本弄清。就我读到的文献,普遍认为是清代唐一飞的《漓水源头考》第一次指明了漓江的源头。唐一飞的《漓水源头考》有关湘漓源头的文字如下:

> 按湘与漓二源皆在兴安,而海阳山则绵亘于邑之南境,源出而北流于全州,迳衡阳,过洞庭,合江汉,北东而入海。猫儿山则盘互于邑之西乡,源出而南流于灵川,下平梧,趋肇庆,循二水东南而入海。此二水之源流也。

然而,或许是因为唐一飞的文章传播面不够广,很久以后,人们仍普遍认为湘漓同源。直到抗战时期,许多文化人来到桂林,亲自考察湘漓源头,获得实地的体验,湘漓异源且猫儿山为漓江之源的事实，经过他们的广泛传播，逐渐广为人知。

比如，一位名叫田曙岚的文化人，原在上海民智中学教书，因感于我国地理教材记载多不翔实，决志辞去教职，周游全国及全世界，站在史、地两种科学之立场，实地考察各地自然状态与人文概况，希望有所得以贡献于社会。他的誓言是"踏遍神州，周游大地；此身不灭，此志不渝"。他的信条是"民胞物与，兼爱亲仁；世界一家，中国一人"。他的预定路线是浙、闽、粤东、海南，于1933年5月15日抵达钦县，开始了广西之旅。

田曙岚的广西之旅将近一年，1934年2月4日由广西全县转入湖南。此行一大收获是写作了《广西旅行记》一书，有关湘漓源头的文字如下：

> 余少读《水经注》，有"湘漓同源"之说，窃尝疑之。……民国二十三年一月，旅次兴安，实地考察湘漓二水之源流及其趋势，始知在事实上根本即无有所谓"漓水"者；有之，惟湘桂运河与桂江耳。湘桂运河，古名"灵渠"，俗称曰"陡河"，即《水经注》之所谓为"漓水"者。而湘桂两江，各有其源，未容张冠而李戴也。湘水源出兴安县东南九十里之海阳山，与《水经》及《水道提纲》等书所载尚相符合。惟桂江之源，实出自兴安西北之猫儿山间，经梯子岭至三地，顺下三殿，纳左右诸流，名曰"六峒江"。至承平（一作城平），即可通民船；再下司门前一带，又与黄柏江、华江、川江、富江诸水合，直趋大溶，名曰"大溶江"，水势颇

大，与由分水塘分来之灵渠一衣带水，两相比较，有如大巫之与小巫。乃志籍相传桂江之源，俱舍此而就彼，甚矣，其惑也！

田曙岚还解释了漓水之名的由来：

考漓水之所由名，或于史禄凿渠之后祝其水相分离，冀其不专入于湘而以“漓”名之，并非如查礼所云“‘湘’者相合而同派，‘漓’者分离而别流”之谓也。且“漓水”之名，其初不过指灵渠一段而言，后以附和者众，喧宾夺主，乃渐致大溶江以至整个之桂江，亦以“漓”名。使后之人益茫然莫辨，而人云亦云矣。

上述唐一飞、田曙岚的文字都收入到了1982年商务印书馆出版的唐兆民编的《灵渠文献粹编》一书。十多年前，因广东作家程贤章先生的约稿，我写过一篇关于灵渠的长文。为写那篇文章，我努力查阅各种有关灵渠的资料，读到了唐兆民编的《灵渠文献粹编》一书。在当时，我几乎认为此书已经将各种重要的灵渠文献一网打尽。直到近三五年，我因为编辑整理大型文献丛书《抗战桂林文化城史料汇编》，又读到不少民国时期写的灵渠文献，其中就有多篇未曾收入《灵渠文献粹编》的好文章。如一篇署名为王越三的文章《湘漓源头一瞥》，写于田曙岚的文章之后，对湘漓源头的描述更为详细：

所谓湘漓同源实是欺人之谈,湘漓二水各有源头,又何尝同源,其实湘江源出于兴安县东南九十里灵川县境之海阳山,漓水发源于兴安县西北猫儿山之梯子岭,二水经流亦各异其趋。湘江自出海阳山后曲折北流,容受左右若干溪水,直到汉潭,叫海洋江,及经兴安县城东,折向东北流,纳桐木江水后,入全县境界,始名湘江,再接受灌江之水后,江面益广,过庙头镇便入湘省境,到零陵有潇水注入,到松柏镇附近会春陵水,到衡阳又有蒸水耒水来合,至此以下江面愈阔,水量愈宏,又北流左会涓涟靳伪诸水,右会涞渌浏渭诸河之水,而入洞庭,注于长江。漓水自出猫儿山,下经三殿纳左右诸流名曰六峒江,承平以下与黄柏江、华江、川江、富江诸水会合到大榕镇,水势渐大称大榕江,西南流经灵川而达桂林,灵川以下多称桂江或仍曰漓水,流至桂林以南,大圩附近,有相思江注入,到平乐西有修水(荔浦河),东有乐川(恭城河),昭平附近又有□江来会,再南行到马江地方有富群江来会,到苍梧便注入西江。二水源流情形大致如此,其通航情形,漓水全长四百五十余公里,六峒江以下即可通行民船。桂林梧州间可行载重五万公斤以上之民船。春夏之交河水涨时,电船可航行于平乐之下,有时且可上驶桂林。湘江全长二千五百里,自海阳江起即可通行民船,入湖南境后零陵以下,洪水期可通小汽船,衡阳以下航行更称便利。

湘江上游的海阳江与漓水上游的六峒江,两江干流相距最狭处为五十里，灵渠(漓水)便是在这最狭的数十里地带所筑成，沟通海阳江与六峒江的人工运河即是□湘漓二水间之陆地，引湘水而注于漓源，这在《史记》上已有记载："秦攻百越使监禄凿渠"，此渠即为灵渠，亦即今日之运河。彼时在运输方面这却是极重要的交通路线，在当时湘桂二省的水路交通，国家的漕运，军粮的输送，以及长江流域与粤江流域物质往还，均赖此沟通，所以灵渠实系人工开凿的运河，而非漓水上源。湘漓二水更未有同源这会事。假使秦时不开凿此灵渠，则湘江之水永无流入桂江(漓水)之时，而西江船只更难逾岭而入湘江。此乃不可以不辨述之，以供研究地学的同志们参考。今日湘桂陆路交通远过往昔，此河业已失去作用，惟在水运方面，倘能将分水塘一段再加修□，则北之全永衡长，南之云桂平梧，船只往还，则可更形便利，此亦湘桂两省水利建设之要图也。[①]

这篇文章刊登于1943年的《旅行杂志》，未曾收入《灵渠文献粹编》，却是我所读到的辨析湘漓源流、讲述灵渠功能较为清晰而且简洁的文章。文章作者显然读过田曙岚的《广西旅行记》，但是，他没有停留在田曙岚的思考范围内，而把当时湘江和桂江的交通情况进行了非常简洁的描述。这也许对当时的人没有用处，因为当时的人对湘江和桂江的航运情况还很熟悉，但对今天的人则有大用，因为，湘江和桂江的航运功能已经久违于

① 王越三：《湘漓源头一瞥》，《旅行杂志》1943年第2期。

今天。该文写作之时正值湘桂公路、湘桂铁路建成开通,汽车、火车的时代从根本上代替了航船的时代,其对湘江和桂江水上交通的记述,为我们保留了航船时代的历史记忆。而上述引文末尾的建议,也许对今天的湘桂水利建设仍有启示。

值得注意的是,上面田曙岚和王越三的文章,都是建立在对灵渠的实地考察基础上的。前面已经对田曙岚有所介绍,而王越三,我对其一无所知。根据其文章内容,他在广西工作了四年,可能是在桂林师范学院任教,一直有游览兴安探究湘漓源头的想法,终于在四年后的暑假得以成行;他在兴安还无意中遇到了他的学生周升勋,周升勋当时正好在兴安中学任教,为其向导,对其兴安之行帮助颇大。

《哑子背疯》

《哑子背疯》是桂剧中一出著名的折子戏。

青年学者朱江勇的《桂剧》一书，列举桂剧传统戏，专门有对《哑子背疯》的介绍，抄录如下：

> 《哑子背疯》又名《哑子驮妻》，原是《目连戏》中一折，历来独立演出。
>
> 剧情简介：傅相在会缘桥庙会之日，见一哑汉驮着少妇妻子卖唱。问及身世，才知道他们是夫妻，丈夫在战乱中遭智谋毒哑逃回，妻子风湿瘫痪，两人相依为命，卖唱为生。傅相可怜这对夫妻，周济他们而归。
>
> 艺术特色：桂剧《哑子背疯》是桂剧传统戏中颇具特色的花旦戏，舞蹈性强，唱做并重，需要较高的艺术技巧。剧中的少妇和哑汉，实际上由花旦一人担任，上身饰少妇，下

身饰哑汉，穿男彩裤，扎花裙，足蹬芒鞋，腹部绑一假人（哑汉）的上身，腰上扎两只假腿（少妇的腿），穿花裤。表演时上身为温顺、风韵的少妇，下身表演步履蹒跚的老汉，演员一身兼演两个不同性别、个性相异的角色。

演出情况：该剧是桂剧名旦"小飞燕"（方昭媛）的拿手戏，其演技精湛娴熟。20世纪30年代，名旦颗颗珠、金小梅、小飞燕、何艳君四人同在桂林西湖酒家戏院上演该戏，轰动一时，传为美谈。以后的花旦尹羲、秦彩霞、黄艺君也擅演该戏。

桂林文化城舞蹈研究专家覃国康在《桂林抗战艺术史》一书中也有对《哑子背疯》的介绍，她称之为《老背少》，她是这样介绍的：

（老背少）汉族民间舞蹈，也叫"哑痛疯"、"公背婆"、"假背真"等，流传于我国中南地区，是借助道具、由一人扮演两个角色的歌舞形式，多在农闲节日时表演。通过舞者精湛的表演技艺，使扮演的"两个人物"对比鲜明，栩栩如生。

此舞蹈形式于明清时已盛行，被收入到戏曲中，先是成为"目连戏"中的歌舞片断，后来发展成地方戏曲如徽剧、婺剧、桂剧中的一出折子戏，名为"哑子背疯"。这出戏对演员要求较高，必须唱舞并重。当一些戏曲名角演红了这出戏之后，又反过来对舞蹈艺术产生了影响。最典型的例子就发生在抗战时期的桂林。1942 年，著名舞蹈家戴爱莲在桂林看到桂剧名旦小飞燕的表演，大为震撼，之后专门向小飞燕学习，学会了这出戏，将其改编成深受群众欢迎的舞蹈《哑子背疯》，并作为保留节目时常上演，1946 年还带到美国，把这个饶有趣味的中国民间舞蹈介绍给海外观众。1942 年、1943 年，抗日演剧四队的演员葛文骅等，在广西也曾先后向湘桂的戏剧名演员学习这个存在于戏曲当中的民间舞蹈。

覃国康称“老背少”这种舞蹈形式流传于中南地区，的确如此。《湘籍近现代文化名人 · 戏剧家卷》中有关田汉的章节有这样一段：

> 湘剧《新会缘桥》根据湘剧高腔《目连传》连台本大戏的一折《老汉驮妻》改编，写目连之父施财济贫于会缘桥，哑老汉驮着瘫痪的妻子到桥上求济。原剧几乎没有人物性格刻画，只有特技表演（剧中哑汉与瘫妻同时由花旦一人扮演），集生、旦工于一身。

董健在《田汉评传》中也提到“湘剧演员李燕柏（艺名筱艳柏）演《会缘桥》（一名《老汉驮妻》）出了名，长沙、湘潭一带妇孺皆知”。显然，“老背少”这种舞蹈形式在中南地区并不少见。

不过，在中南地区之外，同样有“老背少”舞蹈形式的存在。我曾在20世纪40年代的《国际新闻画报》上读到一则题为《哑子背疯 甥舅相打》的消息，称：

苏北鲁南民间有甥舅打架之戏，与《哑子背疯》相同，一人兼任两角，为一老一少，作扭殴之状，惟妙惟肖，由来已久，惜此间人不知耳。

《哑子背疯》，背上少女歌唱，甥舅打架则仅作互殴，及互相辱骂之状，甚或作粗鄙之词“辣马，辣马”之声不绝，殆所以不登大雅也。

这则消息说明《哑子背疯》这一戏剧形式并不局限于中南地区，在江苏、山东等地区亦有流传。

上面两段文字都提到了桂剧名旦小飞燕，显然，《哑子背疯》是小飞燕的“拿手好戏”。

小飞燕，桂剧四大名旦之一。桂剧有前后“四大名旦”。前“四大名旦”为凤凰鸣、桂枝香、小桃红和如意珠（谢玉君），后“四大名旦”为如意珠、小飞燕、小金凤和金小梅。小飞燕为桂剧的后“四大名旦”之一。

小金凤对小飞燕及其《哑子背疯》，亦有很高评价。她说：“她（小飞燕）的拿手戏有《晴雯补裘》、《晴雯归天》、《哑子背疯》、《黛玉葬花》等。《哑子背疯》，为桂剧的唱做名剧之一，一人兼演二角，上身饰少女，下身行路是汉子，上下兼顾，做工十分细致，是一出难度较大的戏。小飞燕运用她娴熟的功夫和精湛的技巧，演来十分精彩，深得观众的称许。”

我想，《哑子背疯》最初可能主要寄身于民间戏剧；之后，在桂林舞台，因为小飞燕的出色表演，成为桂剧的经典作品之一；再之后，通过向小飞燕学艺，戴爱莲将《哑子背疯》推向了更广阔的舞台，在重庆、在上海，甚至在美国，《哑子背疯》成为戴爱莲的保留节目。从民间艺人的表演，到小飞燕的经典化，再到戴爱莲的改编和推广，可以看出《哑子背疯》这出折子戏的经典化过程。

在检索有关《哑子背疯》的资料时，我还发现一篇厚生写的《看戴爱莲跳舞》，由此文，可以看出当年戴爱莲演出《哑子背疯》的豪华阵容：

> 戴爱莲舞蹈中《哑子背疯》节目是以中国锣鼓作音乐节奏的，同时以笛子和歌声和之。地方戏和京戏中有过这节目。不过戴采来创造一种舞蹈的形式，这一组中国音乐团中，吹笛的是小画家丁聪，而打鼓的却是欧阳予倩的儿子欧阳山尊，现在也是戏剧文化界的知名人士，他的鼓敲得很不错，正如京戏中敲鼓板的，居于领导地位，越敲越劲，似乎比丁聪的笛子更有苗头，据说他在内地就替戴爱莲敲鼓，一直敲到上海，他学这一段锣鼓计练习一星期之多，始相调和。

画家丁聪为之吹笛,戏剧导演欧阳山尊为之打鼓,这样的阵容怎么能不让观众为之倾倒。

检索民国时期有关《哑子背疯》的资料,经常可以看到戴爱莲的演出剧照,《哑子背疯》几乎成了戴爱莲的演出专利。其实,《哑子背疯》不仅是一出绝妙的舞蹈,而且还伴有动人的音乐,这里不妨抄录其歌词:

> 花样翻新看不尽,哑子背疯也上场,一人要作二人舞,一人扮成二人样。
>
> 疯子的手腕多灵巧,哑子的腿脚多强壮,藤条缠在扁担上,哑子背个疯子娘。
>
> 花开三月喷鼻香,蝴蝶蜜蜂采花忙,哑子说不出心中话,疯子走不到槐树旁。
>
> 小桥架在小河边,二人上桥把景观,近看桃花配杨柳,远看白云绕青山。
>
> 小河里面游小鱼,水草里面藏虾米,桥上显出桥下影,真人假人分不清。

虽然戴爱莲表演的《哑子背疯》名声极大,但当年桂林文化城的观众却对小飞燕的表演情有独钟。例如,著名报人徐铸成就曾专门撰文谈他在桂林看桂剧看《哑子背疯》的感受:

> 当天,同去欣赏了桂剧,立即对它发生了兴趣,觉得无

论唱腔、念白、舞姿，都很有特色，艺术水平并不逊于京戏或汉剧。

给我印象最深的，是一出《哑子背疯》。剧情非常好：一对住在荒岛上的贫苦夫妻，丈夫是又驼又瞎又哑，妻子长得花容月貌，却患了疯瘫。一天，所住的茅屋忽然失火，哑子忙背着妻子逃出荒岛。两个角色是一个人扮的，边走边唱边表演许多惊险的动作。上身是妻子，婀娜多姿，下身却是拙笨的蠢汉，表演时要显出截然不同的身段，而又不显出“一身而二任焉”的痕迹。最惊险的一个“镜头”是，当跨上独木桥离开荒岛时，她——平时当然没有什么菱花镜，忽然从水中看到自己秀丽的面目，引起身世的感叹，一时忘了指引瞎子丈夫，因而几乎失足落水，唱得婉转凄凉，做得十分合情合理，舞蹈惊险而曼妙。我当时真为这剧情和高超的表演艺术所沉醉。这种艺术享受，前此，只有在看京剧的梅兰芳、小翠花，汉剧的老牡丹花(也忘记他的真名)的表演时，同样经受过。解放后，戴爱莲同志曾把这出戏移植为舞剧，别的剧种也有移植的，但在我看来，都缺少桂剧那种浑然的泥土气。

四十年没有再欣赏了，不知桂剧已“推陈出新”到了什么程度。现在我的脑海里，似乎还有“哑子背疯”的清晰图象。

看来，小飞燕的《哑子背疯》无论在戏剧情节、人物性格、舞蹈表现和演唱艺术各方面都有精彩表现,因此,才能在桂林文化城得到来自全国各地的文化名人的高度赞赏。

如今桂剧已经成为国家级非物质文化遗产。每隔两三年,桂林都会有桂剧的新创作品出现。不过,在我看来,新创作品固然重要,但那些经过时间考验,真正受观众喜爱的桂剧经典剧目如果能够重排重演,可能更符合非物质文化遗产的继承和传播之道。白先勇主持制作的青春版昆曲《牡丹亭》大获成功,今天的桂林是否能够把《哑子背疯》重新搬上舞台?只是,如今的桂剧表演领域,还能找到像小飞燕这种“唱得婉转凄凉,做得十分合情合理,舞蹈惊险而曼妙”的演员吗?

海明威抗战桂林行

2015 年秋天，在广西师范大学图书馆里，我逐张翻阅 1941 年出版的桂林版《大公报》，无意中，竟然读到了海明威到桂林的消息。

我上大学的时候，海明威是当时最具影响力的外国作家之一。

在那个文学时代，他的长篇小说《太阳照常升起》、《永别了，武器》和《丧钟为谁而鸣》，以及对他荣获诺贝尔文学奖起了重要作用的中篇小说《老人与海》，几乎成为我们的必读书。

直到大学毕业，我回到桂林，有好些年时间，我还会在课堂上津津乐道海明威及其他所代表的美国“迷惘的一代”作家群。“迷惘”这个词，笼罩着我的青春期。

但很长时间里，我不知道，海明威曾经到过中国，甚至到过桂林。

为了了解海明威当年在桂林的情况，我专门购买了杨仁敬的《海明威在中国》一书。此书较详细地记述了当年海明威到中国的情况。

海明威是在 1941 年 3 月到中国的。当时中国的抗日战争已经持续了将近十年，离太平洋战争不到一年，海明威以纽约《午报》记者的身份携其新婚妻子玛莎·盖尔虹到中国访问。

海明威此次访问中国并非游山玩水，而是负有特殊使命。他需要了解蒋介石与日本的战争打得怎么样，中国发生内战的威胁怎么样，日苏条约签订后有什么影响，美国在远东的地位如何，造成美日开战的因素是什么，如何避免美日开战而把日本给拖在远东等一系列问题。

这些问题都是当时美国人最关心的问题。

当时的海明威还没有获得诺贝尔文学奖，但已经是世界著名作家，他的三部长篇小说代表作都已经出版，声望如日中天。因此，海明威的中国之行得到中方的高度重视，蒋介石和宋美龄亲自请海明威夫妇共进午餐，并与海明威整整交谈了一个下午。海明威甚至秘密会见了周恩来。

根据杨仁敬的记述，海明威到中国的路线是这样的：1941 年 2 月，海明威夫妇从夏威夷飞抵香港，在香港停留了一个月，了解中国情况，确定访华活动计划。3 月，海明威夫妇乘飞机离港越过日军封锁线到广东省的南阳，又由南阳转乘汽车去韶关国民党第七战区前线司令部，访问了前沿阵地的士兵。4 月4 日坐汽车转火车到达桂林。6 日乘载运输钞票的飞机由桂林飞往重庆,会见了蒋介石等国民党军政要人。9 日由重庆飞成都参观军事学院和军工厂等。13 日飞回重庆。14 日出席了各抗日团体联合举行的欢迎会,秘密会见了周恩来。16 日离重庆飞昆明,然后从昆明乘汽车沿着滇缅公路离开中国。

桂林版《大公报》1941 年 3 月 15 日创办,恰好赶上海明威夫妇这次中国之行。于是,我们在桂林版《大公报》1941 年 4 月 1 日第四版看到这样一条消息:

美记者赫明威

在韶酬酢甚忙

日内即将来桂

我读到这条消息的时候,真是意外的惊喜。虽然我早已从杨仁敬的著作中知道了海明威到桂林的情况,但能够在桂林本地的报纸上读到海明威到桂林的消息,自然有一份特别的亲切感。从这条消息可以看出,海明威到桂林是当时的一件大事,以至于桂林版《大公报》会进行预告。

接着翻报纸,又读到一条消息:

曲江三月二十七日专访

美国著名作家兼午报记者赫明威夫妇,为搜集我国抗战资料,由美抵港匝月,本拟二十一日抵韶,旋因天气不佳,班机改期,延至二十五日始乘中航公司“南京号”飞机抵此。事前此间派出专员至南?欢迎。赫氏二十六日上午十一时访谒余司令长官汉谋,作五小时之谈话,余长官并邀蒋副长官、徐副总司令、朱处长等作陪。赫氏对于华南战局,探询甚详,余长官谈一一作答,资料提供甚多,并持出军用地图,指陈我敌目前形势,赫氏极表满意。三时二十分辞出,频致谢意。二十七日,赫氏到南华古刹、暨在韶附近之建设、名胜参观,三数日后将赴粤北各地视察,旬日后方能回韶转往桂林。

我在读这条消息的时候,有点少年时代读章回小说充满期待的心情:故事正在发生,且听下回分解。

然而,我继续往下翻,1941 年 4 月 6 日桂林版《大公报》第三版,竟然是这样一条消息:

赫明威

明日赴重庆

本报专访

美作家赫明威夫妇抵桂后,闻赫氏正闭门写作,酬酢甚少。昨午据赫氏夫人亲语记者:“予等定下星期一即赴重庆观光。”

接下去,在桂林版《大公报》1941 年 4 月 13 日第二版,消息这样写道:

赫明威

昨由蓉返渝

成都十一日中央社电

美作家赫明威定十二日晨由蓉返渝。

重庆十二日中央社电

中美文化协会,中国新闻协会等九文化团体,定十四日下午茶会欢迎赫明威。

我不知道桂林版《大公报》如此兴师动众地预告海明威的桂林之行,而当海明威真正到了桂林之后,为什么会以如此低调简略的文字对待?真是吊足了读者的胃口,却以极其令人扫兴的方式结束。

我只好重新打开杨仁敬的《海明威在中国》。重读此书,我感觉我找到了桂林版《大公报》如此对待海明威桂林之行的原因。

根据杨仁敬的记述:

(海明威夫妇)参观了"甲天下"的桂林山水,海明威称赞桂林是"中国最美丽的地方"。当他参观七星岩洞时,看到数千人挤在洞里躲避日本飞机的轰炸,非常同情老百姓的遭遇,对日本的骚扰深为气愤,他希望那风景如画的大自然美能恢复原貌。

杨仁敬为撰写《海明威在中国》这本著作,采访了海明威到中国访问时的翻译夏晋熊教授,就"海明威在桂林时很欣赏桂林的山水吗"这个问题对夏晋熊教授作了提问,夏晋熊教授的回答是:

是的。他参观了几个大岩洞,看到洞里钟乳石的千姿百态,赞不绝口。但当时日本飞机常来轰炸,几个有名的岩洞几乎都变成防空洞,有个洞可容纳几万人。

海明威在小说里对自然景色的描写很简洁,但他对桂林山水非常欣赏,认为它们是富有中国特色的自然美。

海明威回到美国后不久,1941 年 6 月,一位美国记者英格索尔在《午报》发表了一篇《海明威访问记》,其中有这样的叙述:

在前线呆了一个月,海明威夫妇乘舢舨、汽车和火车,从陆地上涉水爬山到达桂林。这个行程原先没有安排,但他们跑了两个月,所到之处人们都告诉他们:桂林是中国最美丽的地方。他们后来在报导中也说,桂林是他们所见过的最美丽的地方。

"那儿有无数小山峰,看起来像一条巨大的山峦,但只有 300 英尺高。你在中国画和印刷品中所看到的可爱的风景,有许多来自画家丰富的想象力,事实上很像桂林山水的照片。那儿还有个名洞,现在用做防空洞,可容纳3万人。”

然而,海明威的桂林之行,自然景观令他满意,社会环境却令他很不愉快。30多年后,1978年,玛莎·盖尔虹推出她的《我和他旅行记》,中国之行成了这本游记的第一章,其中有关于桂林之行的记述:

在桂林,U.C.失去了超人的忍耐力。他发了脾气,在房间里到处跺脚,房间里没什么东西可踢,他还是见了什么就踢。他大声喊道:“这些狗娘养的玩艺儿!这伙不中用的臭狗屎!这群窝囊废!这帮杂种!”第12军军部与桂林有某种通讯联系,而桂林也可与香港联系。几天前,U.C.往桂林写了封信,请他们向香港转拍个电报:请求中航在桂林把我们带走。可是桂林的工作人员却怕麻烦,什么事也没做。

中航定期航线上没有桂林这个站,桂林只是装卸货物的停靠站。在香港时,我们就安排一班运输机来载我们。天气又恢复常态,密集的大雨随着狂风倾注下来,桂林在奇山异峰中略隐略现。那些陡峭的、尖尖的、金字塔式的山峰,披着绿色的盛装,跟我在别处见过的山峰大不一样。当你看到它们从云雾中高高耸起时,它们显得那么美丽,那么充满浪漫色彩。但它们对即将着陆的飞机来说,决不是一种安慰,而是充满危险的复杂地形。我们真的完全给困在桂林的皇宫饭店。

那是我迄今为止被困的最糟糕的脏地方。墙上布满了被弄死的臭虫,臭虫从木质地板上冒出来,在板床上四处乱爬。臭虫除了咬人,臭味也很重,房间里有两把竹椅,一张小桌,一盏煤油灯,一盆脏水,无痰盂可倒。走廊下面有一个水泥结构的小房间,里面有个精致的现代化瓷制冲水马桶,但那房间却与这设备很不相称,地板上全是从马桶里溢出来的水。里面臭不可闻,那个情景令人害怕。我在房间里到处都撒上了基汀斯粉,搞得整个房间像给一种芥末粉的旋风掠过似的。我俩争论不休,究竟是睡在地板上还是睡在板床上更安全。

文中的U.C.即海明威。显而易见,桂林的卫生条件和服务态度都让海明威忍无可忍。海明威不是一个隐忍的人,缺乏东方民族那种谦虚温和的"美德"。我想,他肯定是以他粗暴的方式回敬了桂林的接待者。也就是说,海明威的桂林之行,主客之间一定有比较大的冲突,于是,我们才在极其高调的消息预告之后,遇到极其低调的报道。所谓"赫氏正闭门写作,酬酢甚少"真实的含义可能是愤怒的海明威根本不接待桂林方面的媒体,以至于记者无字可写,只能以这样的文字对付海明威的桂林之行。

当年如何欣赏桂林山水

桂林山水甲天下，这是一个举世公认的定论。然而，如何欣赏桂林山水，却是一个鲜少提出的问题。

我在做《抗战桂林文化城史料汇编》的时候，阅读了不少当年文人墨客的桂林游记，觉得他们对桂林山水的游览各有心得，这里不妨引述几则，供今天的桂林人、桂林游客特别是桂林城市的规划者参考。

桂林山水的象形之美仍然是当年人们非常直观的审美感受。比如，恽荫棠《桂林山水书所见》、郑健庐《桂游一月记》以及持大《桂林纪游》都提到桂林山水象形之美带给他们的巨大审美冲击力。

恽荫棠是从荔浦方向进入阳朔的，他如此写道：

荔浦阳朔之间，奇景荟萃，田亩肥沃，黛峰锦嶂，趋前拱后，目不暇给，口不停呼。时雨已稍止，流云映带，危崖怪石，相逼而来。过城门山，宛然一城门，在道左。过羊角山，则嵯岈双角，形态逼真，在道右。其他左右远近诸峰，若欲一一依其形似名之，则千百佳名，不难立致。①

恽荫棠着重写了城门山和羊角山：城门山宛然一城门，羊角山则嵯岈双角。形态逼真。

置身阳朔山水之间的郑健庐，与恽荫棠有同样的感受，他这样说：

过青厄渡后，车行未久，沿途山景，形状不一，如牛角，如修竿，如高旂，如文塔，千山万壑，怪状奇形。向以为吾国古画山水，或有幻造，今亲历其境，可见山水秀峭奇特，是有由来。②

沿途山景，其形皆有所似。但郑健庐比恽荫棠更进一步的是，身临桂林山水真境，他意识到中国古代的山水画并非幻造，而为实景。他这个感受，后来被许多桂林旅游者重复。

持大将桂林城区的象形名山逐一描述：

东南近郭，庞然象立，俯首伸鼻，东汲漓水者，曰：象鼻

① 恽荫棠：《桂林山水书所见》，《旅行杂志》1936年第3期。

② 郑健庐：《桂游一月记》，中华书局，1937，第95页。

山。象鼻之南，麓插江潭，标竦烟云，左右两山，挥羽相斗者，曰：斗鸡山。东望为七星山，斗列漓水东岸。三峰相次，位花桥之南，肖斗柄者，曰月牙山。石颠一峰端直，峭拔若剑状，称剑山。位花桥之北，四峰方列如斗者，曰普陀山。合月牙普陀，乃称七星。东近为伏波山，突起数百尺，西跨桂城，东枕漓水。近在东山，横列如屏，山石层层横断，如积叠锦彩者，为叠彩山，亦曰风洞山。其北里许，独立漓江西岸，顶圆如卵者，曰虞山。东北稍远，延袤山野，若龙蟠虎踞之形，崇高伟大，为万峰领袖者，曰尧山，亦名猺山。此山连亘千余里，画数邑界。桂山百里皆石，此山则积土以成，独显奇姿。据云，天将降雨，则山上云雾四起，逡巡风雨立至。每岁农耕候雨，辄以尧山云为卜期。更向北望，下广上锐，高矗云汉者，曰宝积山，腰耸平台一方，云孔明台。俗传诸葛亮南征至此，曾登台上点兵。西北近处，昂首碧空，须眉显露者，为老人峰。连亘城西，自北走南，耸翠竞秀者，曰西山。凡此，皆有名可称者。此外，奇峰怪岩，无名可指者尚众。或森如剑列，或矗若笋呈，帆张云奔，虎踞凤举，诡丽万状，不胜譬纪。

三段文字，核心都在桂林山水的象形之美。象形，是桂林山水给人的直观印象，显示了桂林山水的奇特之美，为旅游者猎奇提供了基本的景观物理。

欣赏桂林山水，固然需要形象的把握，但也需要心灵的交流。桂林山水，其妙处固然有形象的逼真，但更有心灵的传神。比如，独秀峰雄居桂林城市中心，如南天一柱。持大从不同视角观察独秀峰：

> 峰卓立公园西北，坐北向南，拢地约二百尺。全体皆坚石，北背滑直，南面宽七八丈，石级横叠，自脚倾斜至顶，如梯形。每级石上，翠蔓蒙络。东西两侧，窄而锐，如竖剑刺天。昔人谓峰之正面，状如黻冕，有王公贵人像。余其笑其大腹便便，似一市中富贾，俗不可耐。惟望其侧面，尖削凌霄，有奇士剑仙，遗世独立气概，是可取耳。高奇峰、陈树人诸画家，皆舍正画侧，雅人慧眼，所见略同。

从正面观察，如王公贵人，又如市中富贾；从侧面观察，则如奇士剑仙，有遗世独立的气概。这实际上写出了桂林山水象形性之外的一个特征，即人格化。不同的人可以看出桂林山水不同的人格意味。这是桂林山水又一佳妙之处。持大强调，真正的慧眼雅人，面对独秀峰，皆“舍正画侧”，舍的是不可耐之俗气，取的是遗世独立的气概。

持大的这番议论，对如何欣赏桂林山水，自有启发。

象形性是人们面对桂林山水直接唤起的直观印象，人格化是人们欣赏桂林山水表现出来的精神品味。这样的审美经验，直到今天，仍然可以为众多旅游者所体会。可惜的是，当年旅游者面对桂林山水的另一种审美经验，如今已经难以重复了。

请看以下两段文字。一段出自恽荫棠《桂林山水书所见》：

更北行，山峰之阵势渐向两旁散开，由肉薄转成散兵线，作大包抄之势，耳目顿成舒朗。此等千岩万壑，余拟锡以佳名曰“黛峰之海”，简称“黛海”，与黄山之名“黄海”相偶。鄙意桂林群峰，宜于集合检阅，不宜于个别鉴赏，盖峰石皆黑，微嫌暗淡有鬼气，其生林木者，则浓青古翠，的是唐宋青绿山水之染色，但峭拔而不高峻，又不易登临，与五岳黄庐峨眉之为山迥异其趣。胡君博渊曰：桂林山如广西民团，团结力甚强，人人勇悍，又可以分别作战。顾君一樵曰：桂林山水与其他各地山水各类派别不同，故不能相提并论，峨眉可以秀甲天下，阳朔仍可以奇甲天下也。

黛峰，这里指的是青色的山峰。“黛海”，自然就是青山的海洋。注意作者恽荫棠的描述：“山峰之阵势渐向两旁散开，由肉薄转成散兵线，作大包抄之势，耳目顿成舒朗。”这句话显示出桂林山水的空阔舒朗。青山的海洋（黛海），这个比喻也显示了桂林山水的通透和辽远。

上段文字，作者恽荫棠写的是阳朔风景。下面，请读出自持大《桂林纪游》的文字：

既临绝顶，纵目旷览。南瞰桂城，万瓦鳞次，呈现眼前，无一遁匿。西南明镜一方，春波荡漾，是名西湖。一练澄碧，环东郭以南奔者，为漓水。城之四外，峰峦耸翠，拥抱回环，以朝独秀，如众星拱北辰。……是日也，白日悬空，晴天凝碧，春风吹袂，胸臆廓然。远望郊野，平亩铺青，千林织锦，赏此悦目，使人观览留连，久而不厌。

“既临绝顶，纵目旷览。南瞰桂城，万瓦鳞次，呈现眼前，无一遁匿。”这是持大登临独秀峰之所见。我特别注意“无一遁匿”这句话。作者的意思是到了独秀峰峰顶，整个桂林风光尽收眼底，没有任何风景可以逃出其视野。这样的审美经验我在三四十年前勉强有过，如今，不复存在。

这里我不妨越过本文的限制，引证一段近千年前范成大《骖鸾录》的文字：

甫入桂林界，平野豁开，两傍各数里，石峰森峭，罗列左右，如排衙引而南，同行皆动心骇目，相与指示夸叹，又谓来游之晚。

“平野豁开”，这是范成大刚入桂林界的感觉。如今，我们进入桂林界还会有“平野豁开”的感觉吗？

各种高楼大厦和城中村已经把桂林的“黛海”，把桂林“无一遁匿”、“平野豁开”的那种通透和空阔挤得水泄不通。

可以说，桂林山水的象形之美和人格意味犹存，但桂林城区山水的通透空阔之美不在。

值得注意的是,当年的旅游者对桂林山水中的人文建设时有微词。比如,恽荫棠《桂林山水书所见》中对花桥廊顶黑瓦的颜色不以为然:

> 渡河经紫洲(今为訾洲)到花桥。桥分二部:一部五孔,桥下流水,桥上长廊,惜为黑瓦,宜改黄琉璃,以唤起游人色彩之美感,补救山石苍黑之缺憾。桥之又一部,四孔无水,桥洞中为村妇卖马蹄(即荸荠,桂林名产)之市场。桥前惜无大树映盖,所谓花桥景物,未免萧条寡色。

如今花桥廊顶之瓦早已不是黑色,不知是不是当年接受了恽荫棠的建议。至于花桥旱桥桥洞,当年为马蹄市场,如今市场不复存在,但周围景观,尚嫌粗乱,缺乏审美规划。

恽荫棠还对七星岩的导游提出了非议:

> 洞中形形色色,包罗天地山海诸众,幽深险怪,不可尽诘。导者持火炬高呼,某处二龙抢珠,某处八仙过海,某处太白礼天,或似或不似,皆神怪小说中景物,听者不以为乐,反苦其烦。若能以电灯照明全洞,则游者得从容观览,各以其心中意境求其形似,庶几可尽此洞之奇。

如今全中国的岩洞导游都以电子照明代替了火炬照明,但讲解内容与七八十年前仍然大同小异,如何改进,实不容易。

说到这，我愿意指出桂林山水建设中一个难能可贵的进步。不妨先读几段当年的文字。

第一段，为五五旅行团游览桂林所记：

本日沿途所见诸山，皆孤峰耸峙，不相连属，诚有全国特色。以多石少土，难育森林。又岭崎峭险，故亦乏建筑物。石涛印章云，搜尽奇峰打草稿，又曰精选一千峰。知其所得者深矣。

这段文字，说到当年桂林山水的一个状况，那就是桂林的山多石少土，难育森林。这是一个客观描述。

再看下一段文字：

过一大滩，浪花白沫，高逾尺许，两边山色，与前大异，皆童秃无树木，草亦焦黑，盖经火者，形态丑恶；是知山之美丑，全在树木，苟无奇异之形而又无树木，则不足观矣。

这段文字出自崔龙文的《粤北纪行·桂林游记合编》，作者崔龙文明确指出：山之美丑，全在树木。有树木则美，无树木又无奇异之形，则不足观。

第三段文字出自胡适的《南游杂忆》，1935 年胡适游览桂林独秀峰时，认为独秀峰之所以独享大名，其中一个原因是桂林“诸峰多是石山，无大树木，独秀峰上稍有树木，是三胜”。可见，胡适也认为山峰有无树木，是其是否具有审美价值的重要原因之一。

的确，我最初看到民国时期桂林诸峰的摄影图片时，颇为惊讶。照片中的山多是光秃的，鲜有树木存在，确难给人美感。我曾经思考过当年桂林诸峰树木稀少的原因，多石少土，固然是原因之一；原因之二，想必与当年附近居民砍柴生火有关。1949年以后，石山绿化成为桂林风景建设的重要内容，因此，自我记事以来，桂林诸峰皆为青葱翠绿之色。

绿水青山从来都是中国人的家园理想。青山的养成显然是桂林近60多年的文明进步。不过，说到青山，也不妨说到如今的另一现象，即开山采石，这一行为给桂林山水造成了巨大的伤害。好在如今政府已经注意到这个问题的严重性，真希望今后桂林的每一座山都能得到永续的保护，每一滴水都能得到充分的珍惜。

齐邦媛记忆中的桂林岁月

《巨流河》的作者、台湾作家齐邦媛抗战时期曾经在桂林生活学习过一个多月，在《巨流河》这部传记文学作品中，她对自己的桂林生活有简略的叙述：

> 一九三八年十月二十一日，日军由海路在大鹏湾登陆攻陷广州，全市陷于大火。十一月在长沙，我军误以为日军将至，竟下令放火烧城，做焦土抵抗。十二月二十一日，蒋委员长发表《武汉撤退告全国军民书》。誓言全国一心，转战西南，绝不投降。
>
> 此时，距日本军部在侵华开始时向天皇和人民狂言保证三个月内占领全中国已一年三个月。而中国的西南，比日本想象中的还要神秘，险峻的疆土，将数百万入侵的日军缠住八年，许多人成为异国亡魂，连归乡的路都找不到！

母亲带我们跟着中山中学，在父亲安排下离开被敌人钳形包围的湖南，乘湘桂铁路火车先到桂林，之后再经贵州到四川去。

到桂林后，以为可以稍作喘息，父母把我送到桂林女中读初一，读一天算一天；家人住在旅馆，我住校，大约读了秋季班一个多月。

那段时间，我有两件极难忘记的事。

白天，只要天晴就有日机轰炸，警报响起我们都往郊外奔跑。有几位高中学姐大约是学校安排的，总带着我跑到一处河边，那儿有许多柳树，我们躲在树下，飞机从头顶上飞过，我看到他们丢下一串串闪光的炸弹，城里的黑烟和火光随之而起。

有时，空战似乎就在我们头上开打，敌我双方互相开机关枪，当看到漆着红太阳的敌机尾巴冒烟往地下坠落时，大家在惊恐中仍会兴奋地鼓掌。有一次，一架敌机落得很近，许多人跑过去看，欢呼不已。

在等待解除警报时，我记得有一位学姐总爱细声唱："我每天都到浣纱溪……痴痴地计算，你的归期……"当时我虽已是少女年纪，却觉得在那样的天空下，听这么"颓靡"的歌很不舒服。

另一个深刻的印象是，每天晚上九点熄灯到第二天早上的漫漫长夜中，从宿舍走到厕所，必须经过一条很长的户外走廊；走廊立着庙廊似的柱子，有两三盏大油灯，在黑夜中被风吹得影影憧憧。我总等着有人起来才敢跟着走，那种恐怖的感觉，至今记忆犹新。

熄灯后有人爱讲鬼故事，我只有紧紧蒙着头，那时对黄昏将至的恐惧和在西山疗养院一样。幸好不久家随着中山中学离开桂林往贵州走，我才得以解脱。

不久，局势更加动荡，从京沪到武汉、湖南的难民全都涌向桂林，所有可供住宿之处全已爆满。

中山中学的师生，男生住在七星岩岩洞内，女生住在临时搭建的草棚。这期间，父亲先往四川找校舍，得地方政府协助，觅得四川中部自流井旁边的一座静宁寺，可以容纳学生住宿上课。

再踏上逃难之路，路却是越走越艰难了。羁留在桂林的师生组成三队，由桂林动身徒步往广西柳州走，再由柳州先往广西宜山县一个接洽好的小镇怀远。看清情势之后往重庆走。

在桂林，父亲得到当地司令部协助借了三辆军用卡车，装运学校的基本设备，母亲则带着家人搭客运长途车到柳州。

引文中的中山中学，并非如今桂林人熟知的中山中学，而是1934年齐邦媛父亲齐世英在北平创办的国立中山中学。据《齐世英口述自传》中说，东北沦陷之后，齐世英建议行政院救济东北学生，结果在北平成立东北青年教育救济处，隶属教育部。救济处筹办了国立中山中学。据齐世英说，这是中国第一所国立中学,之所以以“中山”命名,是为了加强学生对主义的认识。《巨流河》称国立中山中学创办之时就招收了约两千名初一到高三的东北流亡学生。1936 年,国立中山中学从北平迁到南京。1938 年 10 月,国立中山中学开始分批撤离南京,先到芜湖,再到汉口,然后到湘乡,之后就到了桂林。齐世英回忆说,1938 年 11 月长沙大火,国立中山中学从湖南迁往桂林,当时齐世英曾电请白崇禧照顾,而在桂林的东北人也很帮忙,家眷就留在平乐,齐世英还托好友黄同仇安排学校学生。根据齐邦媛的回忆,国立中山中学在七星岩附近办学,持续了大约一个多月。后还曾在广西怀远、四川自流办学。国立中山中学于抗战胜利后回乡。

国立中山中学在桂林办学之事,我在我所接触到的诸多桂林文化城史料中未曾读到,故抄录了上述一段文字。不过,本文写作的目的不仅在于记录国立中山中学曾经在桂林办学的史实,还想涉及齐邦媛抗战时期的一段青春情事。

绝大多数读者阅读《巨流河》,都会被齐邦媛与张大飞的青春情事感动。数年前我阅读此书,亦为这段故事感情跌宕。《巨流河》中齐邦媛引用了张大飞留给齐邦媛哥哥的遗书,其中提到他曾于某个秋天驻防桂林。我平时关注桂林抗战文化城史料,隐约记得普陀山东麓曾公岩岩口石壁有一位军人留下的石刻,印象中这位军人的题名就是张大飞。这个印象与齐邦媛的记录引起我的联想:是否曾公岩口的那块摩崖石刻,就是张大飞的文字?

有一天,我专门到曾公岩踏勘这块摩崖壁石刻,只见岩壁上刻着几行深刻遒劲的文字：

西历一九三九年抗日负伤留桂纪念

男儿卫国沙场死，马革裹尸骨也香。

张壮飞题

岩壁上还刻有张壮飞的印章。张壮飞、张大飞，一字之差，我至今还记得我当时的遗憾。我真的很希望这块摩崖石刻的作者就是张大飞。

齐邦媛，辽宁铁岭人，1924 年出生，台湾大学外文系原教授，曾将台湾代表性文学作品英译推介至西方世界。2009 年以后，《巨流河》的出版使她的名字走出了文学翻译界而广为人知。

张大飞 1937 年从军，以优良成绩选入空军官校十二期，是第一批赴美受训的中国空军飞行员，1942 年受训回国，与陈纳德的十四航空队组成中美混合大队。在湖南、广西几乎全部沦陷的年代，中美混合大队几乎每战必赢，是当时令国人鼓舞的英雄。

齐邦媛、张大飞都是东北人，抗日战争时期，桂林曾经接纳过许多流离失所的东北人。因为《巨流河》，我们才知道桂林曾经接纳过齐邦媛、张大飞这样一文一武、两个过去我们闻所未闻却值得我们崇敬的东北人。

《韩康的药店》

在中国现代文学史上，聂绀弩被认为是奇才。有人甚至认为，若论武略，他可以为将；如论文才，他可以为相。这个说法可能有文人的夸张，但可以肯定的，聂绀弩是继鲁迅之后 20 世纪中国杂文写作第一人。而且，到了晚年，聂绀弩的旧体诗古怪而又美妙，成为文坛一绝。

据刘保昌的《聂绀弩传》，我们知道 1940 年 5 月初，张天翼曾经推荐邵荃麟到桂林主编《力报》新创办的副刊《新垦地》，邵荃麟因故无法到位，推荐了聂绀弩。于是，1940 年 5 月，聂绀弩来到桂林，出任《力报》副刊《新垦地》的主编。

聂绀弩是中共党员，在桂林，他的组织关系由新四军军部转到八路军办事处，由夏衍与他单线联系。

如今，人们大都知道聂绀弩是桂林重要杂文刊物《野草》的五个创办人之一。这五个创办人是夏衍、聂绀弩、秦似、宋云彬、孟超。其中,秦似年龄最小,但担任了刊物的主编。不过,“野草”这个名字,却是聂绀弩提议的。

聂绀弩在桂林期间出版的著作有:杂文集《历史的奥秘》《蛇与塔》,列入“野草”丛书,由桂林文献出版社出版;杂文集《早醒记》由桂林远方书店出版;散文杂文集《婵娟》由桂林文化供应社出版;主编的《女权论辩》由白虹书店出版。

刘保昌认为:“在桂林的四年,是聂绀弩写作杂文和散文最丰盛的时期。他一生中写得最好的杂文和散文,出版得最好的著作,主编得最成功的集子,都是在这个时候。在桂林的四年,可以说是聂绀弩人生中的‘黄金岁月’。”值得补充的是,聂绀弩一生关注妇女问题,也是在桂林时期奠定的基础。

聂绀弩在1941年2月最后一天写于桂林的《韩康的药店》是中国现代杂文史上的经典名篇,其中隐射的事件正是桂林文化城的一桩公案。

1941年1月发生了皖南事变,1941年2月,国民党广西省党部通知生活书店桂林分店停业。生活书店为邹韬奋1932年创办于上海,1938年3月15日成立了桂林分店,在当时的中南路租赁一座两开间两进的楼房为门市部。生活书店的设计者和主要创办人、中共党员胡愈之当时正好在桂林,当时是生活书店的编审委员会主席,同时兼任桂林分编委会主席。桂林逐步成为生活书店在西南的出版发行中心。

生活书店桂林分店是仅次于重庆分店的大分店,也是一个造货基地,人员、纸型、存书比较多。皖南事变之后,广西当局虽然要执行国民党中央的指令，却留有余地，没有采取封店捕人的手段，而是要求生活书店桂林分店限期自动停业，给桂林分店留下了转移人员财产的时间。当时桂林分店举行了“廉价三天，谢别读者”的活动，在桂林城产生了很大的影响。读者从四面八方拥到桂林分店，争相买书，并对桂林分店的遭遇表示同情。桂林分店停业后，鸠占鹊巢，国民党文化宣传部门在桂林分店原址开办了国防书店。

聂绀弩就这一事件写了杂文《韩康的药店》。

通常的杂文虽然也有讲故事的时候，但文章主体是议论说理，故事只是杂文说理的论据。然而，《韩康的药店》通篇讲述的都是故事，文章的寓意只能从故事的背后索引。

韩康为东汉人士，以采药卖药为生，口不二价。西门庆，为明代小说《金瓶梅》主人公。《韩康的药店》采用如今称为“穿越”的手法，将东汉历史上真实人物韩康和明代小说中虚构人物西门庆拉到一起，让他们共同演绎了一个开药店买真药和卖假药的故事。

韩康是个卖药的，在十字街头开着一家小小的药店。

韩康人老实，卖的都是真药；向来把钱财看得淡，又没有亲朋老小要照顾，药价都定得便宜；再加上人和气，容易说话，拖欠他一点钱也不大要紧。人们都乐于照顾他，门口常是穿进涌出，人山人海。

有一天，西门大官人打他门口走过，人挤得几乎叫大官人穿不过马路。大官人问玳安，为什么这儿有这么多人？玳安回禀是到韩家买药的。大官人大吃一惊。大官人刚才就是到自己的药店里去算过账的。因为生意清淡，管事的都吃喝着大官人的血本，大官人正打算收业，却为了体面而踌躇着。怎么韩康药店里的生意却这么好呢？想是这店开在十字街头，居全城之中，来往行人甚多，故尔如此。药店招牌，名唤“寿世”，病家更自欢喜。“我且再作理会！”大官人对自己说。

同一个城市，西门庆自己开的药店，生意清淡；韩康的药店，生意火爆。冰火两重天，怎不让西门庆看了觉得奇怪。

接下去西门庆先是花钱顶了韩康的药店，韩康只好到东街开了另一家药店，名称“济世”。半年以后，西门庆顶下来的“寿世”药店又是门可罗雀，韩康的“济世”又是人山人海。这回西门庆雇了两个暴徒，以韩康欠钱不返的名义，砸了韩康的新药店。几天后，西门庆又把“济世”药店连招牌给顶了，韩康到南门口另开一家小店。结果仍然是韩康的药店生意火爆，西门庆的药店生意萧条。如此反复，结果都是一样。

文章中也有少许议论，例如：

反省，在人类，尤其是像西门大官人之类的人，是一件困难的工作，西门大官人就从来没有想到自己卖的药和药价，总想着是韩康存心和他捣乱，西门大官人本是个宽宏大量的人，但对于存心捣乱的家伙们，却决不轻易放过。自己本来足智多谋，左右能够出谋划策的人又着实不少，也就总有方法把韩康的药店顶到手里来。

西门庆开的药店，卖的是假药，且价格贵；韩康的药店，卖的是真药，且价格廉。这是西门庆的药店和韩康的药店的本质差别。然而，西门庆不去思考本质的东西，而总是在药品和药价之外的问题上作文章。最后，西门庆设计制造了韩康与梁山泊李逵、戴宗有联系的罪名，让韩康吃了官司。前前后后，西门庆一共顶掉了韩康五家药店：

> 现在城里只有西门大官人的五家药店，十字街，东街，南街，西街，北街，每处一所。可是生意仍旧不佳，好像这城里的人，城外的人，离城不远的人们，都忽然一起不生病了；或者生病就宁可死掉，也不吃药了。

文章写到这儿，够辛辣的了，不愧鲁迅之后杂文第一人的评价。紧接着这段之后，聂绀弩用这样一段话结束全文：

> 这故事到这里就算完结，有人说，韩康吃了一回官司却并没有死，几年之后，被开释出来，那时候，西门大官人，已经死在潘金莲的肚子上，五家药店都被掌柜们卷逃一空，关门大吉。剩下一些粗笨的药柜之类，又被韩康买回去开了

新药店。说也奇怪，韩康的药店一开，人们又重新生起病来，吃起药来，韩康的药店门口，仍旧穿进涌出，人山人海。不过这是后话。

显然，聂绀弩是以药店之名写书店之实。文章在1941年4月1日第2卷第1、2期合刊《野草》上发表后，引起了轰动，当期杂志很快脱销。鸠占鹊巢的国防书店以及同类具有官方背景的书店因此得到了一个别称：韩康的药店。

曾经有个中华文学院

孙陵,1914 年生于山东黄县,1925 年随家迁到哈尔滨,九一八事变后曾在长春创办《大同报·满州新文坛》副刊,其中的“纪念高尔基”专号在文坛产生了较大的影响。1936 年,孙陵到上海,以报告文学《边声》而蜚声文坛。1937 年春天,他与杨朔一起创办北雁出版社,曾给当时还在日本的郭沫若预支过稿费,因此结识了郭沫若。

淞沪会战爆发后,孙陵强烈想要投身抗日战场,曾和杨朔等人发起“投笔从军”运动,得到郭沫若等上海作家的支持。后来孙陵经郭沫若介绍离开上海经山东、河南,最后到达陕北延安。他在延安参加了“双十国庆”,听过毛泽东的演讲,经历过公审法庭的过程,见了朱光、李富春、罗瑞卿、成仿吾等人。他向罗瑞卿要求当兵抗日,没有被接受,又向成仿吾提出进陕北公学。成仿吾建议他回上海去给陕北公学筹集书刊、衣物和捐款。离开延安后，孙陵经西安、武汉辗转回到上海，再次见到郭沫若，筹集了一批书刊、衣物和款项托杨朔带到了延安。

1938年春天，第三厅在武汉成立，孙陵先是在阳翰笙的秘书室担任秘书，后从秘书室转到厅长室，担任郭沫若的机要秘书。1938年4月，孙陵与臧云远创办了《自由中国》文化月刊。1938年秋天，孙陵到了桂林。

在桂林，孙陵先后创办了《前线》、《笔部队》、《文艺研究》、《文学报》和《文学杂志》等刊物，复刊了《自由中国》，主编出版了一套12册的《创作小丛书》，其中有宋云彬的杂文集《破戒草》、臧克家的诗集《呜咽的云烟》、张煌的短篇小说集《北方的故事》以及郭沫若的杂文集《抗战与文化》等。

孙陵不仅是一个编辑出版家，更是一个作家。在桂林的时期是孙陵最重要的创作时期，他创作的报告文学《笔部队随枣会战长征记》和长篇小说《大风雪》，都产生了很大的影响。文学史家杨义认为《大风雪》"显得细腻、从容、淡雅，具有相当精致的艺术感觉"。

1948年12月，孙陵离开大陆去了台湾。1970年，孙陵在台湾的成文出版社出版过一部回忆录，回忆的是他所熟悉的现代文学作家，书名为《我熟识的三十年代作家》。在《巴金》一文中，孙陵讲述了一件与桂林关系很大，却极少为人所知的事情，那就是孙陵曾经在兴安创办过一所中华文学院。

根据文中所记，1942年10月，巴金从四川回到桂林，住在漓江东岸的文化生活出版社。与前面两次到桂林都是短期居住不同,这次巴金在桂林住的时间较长,算得上是定居桂林。巴金任职的文化生活出版社,也在桂林大量出版新书。这个时期,也正是孙陵主编的《自由中国》各地风行的时期。巴金的好朋友、巴金称之为有着金子一样的心的义侠朋友林憾庐也从香港来到桂林,住在文化生活出版社的隔壁。文章说到,这时候,老作家王鲁彦摆脱了胡愈之,和孙陵等人接近了。陈占元、方敬也相继从广东、云南来到桂林,"我们这时期所作的事情,都是自己想作的。朋友们无拘无束、自由自在地谈论着天下大事和身边琐屑,总是谈到深更夜半,大家才满足地分手"。

当时的巴金想办一个图书室,便在文化生活社楼上,空出一间房子,排满书架,他用了大部分版税去买各种书,后来终于把书架填满,搜集的书籍将近三千本的样子。

当时的他们正值最好的年龄,一群中青年聚在一起,都想做一番事业,幻想无穷。孙陵忽然想起应该创办一个研究文学的学校,说干就干,果然就创办起来,学校地点就在距离桂林 50 公里的兴安县。

如今的兴安似乎声名不彰,但抗战时期的兴安却名声大噪,因为著名的"湘漓分派"就在那里。当年许多文化人游览过兴安灵渠,对灵渠的造渠技术和水利价值钦佩不已。蒋介石、宋美龄也专程游览过兴安灵渠,灵渠上至今还有美龄桥遗存。当时的灵渠风景区古木参天,两江环绕。孙陵产生创办学校的想法之后,立刻得到周围朋友们的响应。孙陵在文章中写道:

我那时刚刚很幼稚地向一两朋友表示出来这个意思,

不想朋友们比我热烈万分,当时担任广西大学校长的雷沛鸿、省议会议长李任仁、青年团书记长韦赞唐、省府秘书长孙仁林,热烈地担任发起人。特别卖力的是当时担任桂柳师管区司令兼风景区主任的王赞斑(后来任职监察委员,已随监院来台)和兴安县长黎达睿。王司令把风景区土地和建筑拨给学校,并且派出军队给学校平地。黎县长则把和风景区毗联的一座山林拨给学校,作为校产,并且他还自告奋勇,兼作义务的总务主任,开办起来,当然既经济,又顺利。而我在这件事情以前,和他们两位是并不认识的。

当时我只想办个文学专科学校,已经见人脸红,见到朋友讲不出话来了。因为我知道这件事很有意义,但是又怕朋友们误会了我底动机。因此我们向省政府立案的时候,是用了“中国文学专科学校”的名义,并且用这个名义招生,我们并没登招生广告,但是来的学生很踊跃,因为这时桂林大公报给我们义务宣传。湖南、江西、广东的学生,都有见到新闻来投考的。

正式上课以后,立案的公事批下来了,省政府把我们底学校名称改成为“中华文学院”,我当时见到这个公事,真想开小差,亏得一位朋友用“成则为王”这句话,把我底勇气鼓励起来。他问我有没有决心,如果能下这个决心,对于“院长”之类名义,也就不必过于畏惧了。

照例专科学校要改学院,是要经过活动、联络,甚至“请愿”等等努力,才能达到目的,而我们第一次去立案,省政府反而自动给我们改了,其中变化,直到今天我还是无法知道。

这时期李济深坐了一列装了一营卫队的专车，来巡视过我们底学校。李任仁在详细询问我底“计划”以后，以他省议长和广西元老底资格一再叮咛黎县长要切实帮忙。所谓当时桂林文化界的人物如柳亚子、田汉等等，也都成群结队前往访问，一来就是几十人，大家“吟诗填词”，酒酣耳热，各有“表现”，想起来也着实热热闹闹。我们底“吟”和“填”，是和台湾的“诗社”大不相同的，后者我总觉得太“文雅”了一些，所以从来不敢去参加。而我们那时则是杯盘狼藉，随地而坐，当真有人睡到地上也没有人去留意。并且有时为了一种愉快的争吵，而面红耳赤。

这段文字涉及的人物都是当时广西军政界、文教界的重要人物，孙陵撰写此文的时候许多人还在世，可见此言不虚。根据孙陵的记载，这个中华文学院一直办到1944年湘桂大撤退。

我曾经猜想这个中华文学院校址应该在如今灵渠边上的兴安师范学校，但我遍查《兴安县志》，也不见中华文学院的任何踪影。我又托人请教了兴安多位文教前辈，只有一位96岁的彭旭老先生说他曾经听说过此事，但完全不了解个中详情。雁过留声，人过留名，难道这个曾经得到那么多人扶持的中华文学院就没有在兴安留下任何踪迹吗？我作此文，希望有方家能够告诉我们中华文学院更多的详情，尤其是它在兴安的校址。果能如愿，岂不是为兴安找回了一段文教历史，寻回了一个文化遗存？

广西话剧之滥觞

我曾经无意间在广西省政府十年建设编纂委员会编印的《桂政纪实》中看到这样一段文字：

> 广西之戏剧活动，在话剧方面，最初以二十一年省立师范专科学校员生所组织之师专剧团为滥觞，导演为沈西苓，演出《怒吼吧，中国》、《巡按》二剧，由是社会对于新兴话剧乃有正确之认识；继复演出《父归》、《屏风后》二剧。后此则演剧团体逐渐增多。①

《桂政纪实》记录的是1932年至1941年十年广西的建设情

---

① 《桂政纪实——民国廿一年至民国三十年》，广西省政府十年建设编纂委员会编印，1946，第314页。

况，分政治建设、经济建设、文化建设和军事建设几大部分。该书于 1946 年出版，可以说是对整个 20 世纪 30 年代广西建设系统、及时的记录和反思。由于记录及时，里面的许多史实应该具有较强的真实性。

这段文字说的是广西话剧的起源，意思是广西话剧起源于 1932 年广西省立师范专科学校师生组织的师专剧团，当年师专剧团的导演为沈西苓，演出了《怒吼吧，中国》《巡按》《父归》《屏风后》等话剧。

2009 年 4 月 15 日，在桂林雁山园召开的桂学务虚会后，有专家学者提出广西民族大学有相思湖作家群，广西师范大学却没有这样一个文学品牌，是为广西师范大学的遗憾。我表示广西师范大学也有自己的作家群。专家学者遂表示，既然有之，就应该好好宣传。当时广西师范大学党委书记王枬教授亦在场，于是当场有了独秀作家群的命名。紧接着，我带领谢婷婷等一批广西师范大学文学院在校研究生，开始了独秀作家群的研究工作。

通过做独秀作家群研究，我们得知，1935 年，著名修辞学家陈望道曾从上海带了一个左翼文人团队到广西师专任教，他们是陈致道、夏征农、祝秀侠和杨潮。不要小看这些貌似陌生的名字，他们都是当时左翼文化界颇具影响的人物。其中，陈望道 1920 年即翻译并出版了《共产党宣言》第一个中文全译本，夏征农 1926 年即加入中国共产党，杨潮 1933 年加入中国共产党，祝秀侠曾于 1936 年加入中国共产党。林志仪在《陈望道先生在桂林——忆雁山往事》中说道：

> 真正的话剧，是从陈望道等先进文化人士到来后，才开始在桂林这片荒芜的土地上传播和成长的。陈望道虽然不是戏剧家，却是话剧的倡导者，在他的积极倡导和教务长陈此生的大力支持下，便将师生组织起来，成立了"广西师专剧团"，先后举行了两次盛大的话剧公演。①

第一次公演的是日本菊池宽的《父归》和欧阳予倩的《屏风后》两个独幕剧，时间为 1936 年 1 月，祝秀侠担任导演。教师祝秀侠和学生周伟、陈迩冬出演了《父归》中的人物。第一次公演之后，陈望道邀请戏剧家沈西苓到广西师专，于 1936 年 4 月，举行了第二次公演，沈西苓担任导演，演出了《怒吼吧，中国》和《巡按》。教师邓初民、杨潮、夏征农出演了《巡按》中的人物。林志仪说：

> 作为广西话剧运动的起点，这两次公演产生了深远的影响。公演的当时，即轰动了整个桂林，使一向只限于欣赏桂剧的观众耳目为之一新。而观众中的青年学生又最为敏感，最容易接受新鲜事物，要求艺术实践。随后不久，就出现有中学生的演剧活动，桂林中学演出了熊佛西的《一片

① 林志仪：《陈望道先生在桂林——忆雁山往事》，《桂林文史资料》1990 年第 15 辑。

爱国心》等独幕剧。相继,南宁也成立了“国防艺术社”,来桂林演出了田汉的多幕剧《回春之曲》。

虽然《桂政纪实》和林志仪的回忆文章都认为广西师专的话剧是广西话剧的起点,但事实可能并非如此。《桂政纪实》在本文开头那段引文之后,介绍了几个广西的话剧剧团,分别是风雨剧社、二一剧团和国防艺术社等。其中,风雨剧社成立于1933年,演出过《屏风后》《咖啡店之夜》等话剧。二一剧团成立缘起,最初是广西统计局鉴于正当娱乐之缺乏,遂由该局职员于1933年组织临江二一会。该会之游艺组以话剧为中心项目之一,曾演出《苏州夜话》《南归》等话剧。由于演出成功,1935年元旦,临江二一会改组为广西省政府二一剧团,3月4日,又改组为广西二一剧团,曾演出《艺术家》《父归》《幸福的栏杆》等话剧。《桂政纪实》称:“该团团员,大多数为公务人员,平日无多暇时可供筹备排演诸工作,而能于百忙中,以苦干精神,实现多次之公演,在广西话剧运动史上,实有其不可磨灭之功绩。”①

一位名为雷成的作者,曾写过一篇文章《解放前的南宁话剧活动》,谈及广西早期的话剧活动:

1933年春,南宁开始有业余话剧团的组织,最早的是当时广西省政府工商局、统计局的部分职员发起组织成立

① 《桂政纪实——民国廿一年至民国三十年》,第315页。

的"二一会",他们于八月对外公演《南归》、《苏州夜话》等。其后即改名为"二一剧团",团员张俊民、李咏河、劳谦、孙思贤、赵善安、吴珍珍、谢落生等三四十人,它是南宁——可能也是广西最早的业余话剧团。

当时南宁乐群社设有游艺部话剧组,它集合一些爱好话剧的人士于 1933 年元旦作第一次公演《父归》、《屏风后》……

"二一剧团"和"乐群社话剧组"的演出水平虽不算高,但他们基本上能够做到按照剧本的情节和台词经过排练后,用国语(即普通话)演出,有导演、有提示、有布景、讲究化装、灯光、道具、效果等方面的配合,虽然还很简单,然而他们总算是南宁正式演出话剧的"先行者",为南宁——以至广西的话剧活动开创了新纪录。①

"二一剧团"名字比较奇怪,由何而来?原来是指统计局和工商局两个局合作成立的剧团。

根据雷成的文章,1933 年元旦,广西已经有了较为正式的话剧演出。而根据《桂政纪实》,即便不在元旦,至少在 1933 年,广西也已经有了较为正式的话剧演出。那么,为什么《桂政纪实》仍然把 1936 年广西师专的话剧演出作为广西话剧活动的起点呢?我推测,可能有五个原因:一是因为广西师专成立于 1932 年,因此,《桂政纪实》可能把广西师专的成立时间和广西

---

① 雷成:《解放前的南宁话剧活动》,《广西文史资料》1990 年第 15 辑。

师专话剧活动的发生时间混同了;二是中国现代话剧运动与大学有着极其密切的关系,大学做话剧似乎天经地义,常常卓然独秀,广为人知,相比之下,社会上的话剧活动相对而言容易淹没在各种社会活动之中,不容易广为人知;三是南宁风雨剧社、二一剧团等话剧团体,与广西师专剧团相比,前者的参与者在文化界知名度不高,不像后者的参与者,比如陈望道是新文化领域鼎鼎大名的人物,一呼百应,哪怕是小动作也会产生大动静,他发起的广西师专话剧活动,自然有极大的社会影响力;四是南宁的话剧团体,几乎没有专业话剧界人士参与,而广西师专在第一次公演之后,及时邀请著名导演沈西苓到广西师专担任导演,使广西师专的话剧水平得到了真正的专业提升,专业和业余,泾渭分明,广西师专剧团虽然也不是专业剧团,但专业的话剧导演,使之具有了专业水准,这是南宁早期的话剧团体所无法相提并论的;五是南宁早期话剧活动的主体是广西本土人士,他们在外省接受了话剧的影响回到广西后开展话剧活动,广西师专的话剧活动的推广者则来自中国新文化发源地之一的上海,陈望道、沈西苓等都是当年上海新文化界的知名人士,由他们在当年的广西省会桂林,在当时广西唯一的有文科的大学广西师专推广新文化的产品之一话剧,自有一种如今称之为正宗的意味。

如此看来,广西话剧的起源地应该在南宁,时间应该是1933年。但是,广西话剧真正具有专业水准并产生较大社会影响,应该是在桂林,时间是1936年,将广西话剧推向准专业水准取得正宗地位的是当时的广西省立师范专科学校,也就是如今的广西师范大学。

邹韬奋“流亡”桂林

上大学期间,我经常光顾的出版社除人民文学出版社之外,就是商务印书馆、中华书局和三联书店。

三联书店的全称是生活·读书·新知三联书店。它由生活书店、读书出版社和新知书店三家出版社合并而成。

生活书店由邹韬奋 1932 年创办于上海,出版界有一个很权威的奖项,即韬奋出版奖,就是为了纪念邹韬奋的。据我所知,目前出版界以人物命名的权威奖项仅此一项,由此可以看出邹韬奋的文化影响力。

作为一位与当时执政党不那么融洽的文化名人,邹韬奋曾多次流亡。1937 年 11 月,上海沦陷,邹韬奋开始他的第三次流亡生活。这次流亡,他逃避的不是国内政府当局,而是日本侵略者。如他在《患难余生记》中所说,“寻常的流亡生活,在途中总是要在隐藏的状态中,这一次人数既多,又是浩浩荡荡地公开进发,在流亡生活中可谓别开生面”①。此次流亡,邹韬奋的目的地是当时的政治文化中心武汉。最初,他乘轮船到了香港。12月2日,他从香港启程,开始了他的广西之行。与他同行的有金仲华、钱俊瑞、杨东蓴、沈兹九、张仲实等人。这些人物不仅是当时社会科学领域的专家学者,而且大多是共产党员。

12月8日,邹韬奋一行到达桂林。在到达桂林之前,他们经过了梧州、玉林和柳州等城市。一路上,最让他们感动的是广西青年诚挚勤奋的精神。今天,我们很难想象当时那种盛况。例如,他们在梧州演讲结束之后,许多青年跟着他们到了旅馆,提出许多思想上的问题、抗战的问题、战时教育问题,以及在抗战期间与青年切身有关的种种问题,与他们商榷直到午夜,第二天天刚亮,房门口又站满了不少人,邹韬奋只好一边洗脸,一边继续谈话。又例如,当他们在玉林吃过晚饭回旅店的时候,被一群玉林中学的学生包围起来,互通姓名之后,同学们再三要求他们多留一天到学校去演讲。然而,邹韬奋一行行期已定,在同学们的盛情邀请之下,只好当晚到玉林中学与更多的同学见面。到学校已经9点钟,学校平时规定9点睡觉的,但因为邹韬奋他们的到来,全校大部分同学集队大操场等待,第二天凌晨3点多,同学们还早起去送他们。

根据邹韬奋的回忆,他们广西之行所经过的沿途地点,都有这样的情形,到桂林因为学校多,就更忙。我们不妨摘引几段邹韬奋有关桂林的文字记录,在《患难余生记》中,他写道:

---

① 《邹韬奋自述》,安徽文艺出版社,2013,第202页。

我们这一批朋友，戏称自己这一群为"马戏班"，这当然并不是说我们会做什么"马戏"，却是说我们形成了一群：金仲华先生讲国际问题，张仲实先生讲思想问题，钱俊瑞先生讲农村经济问题，杨东莼先生讲战时教育问题，沈兹九先生讲妇女问题，我讲团结抗战问题。到一处便有许多青年和我们商榷这个问题，讨论那个问题，闹热得什么似的。在桂林有一天下午我和金先生应广西大学学生之约，本来预备每人演讲一小时至一小时半，但是因为全场千余的男女同学非常热烈，大家继续不断地提出许多问题来商讨询问，竟从一点钟讲到六点钟，还全场空气紧张，兴趣浓厚；我和金先生也非常兴奋，轮流答复，始终不觉疲倦。后来该校教务长先生因时间太晚，同学们要吃晚饭，才宣布散会，答应他们以后有机会再谈。①

在《桂游回忆》一文中，邹韬奋写道：

我和几位朋友这次经过桂林的时候，刚巧遇到桂林的青年学生举行"一二·九"学生运动二周年纪念大会。在他们"抽税"的程序中，本来希望我们有一个时候对全体学生讲几句话，那天在那个纪念大会，中等学校以上的学生都到会，这是一个难得的机会，所以我们就被请去讲演。我们

① 《邹韬奋自述》，第203页。

应他们邀请出席的有三个人，就是金仲华沈兹九两先生和记者。

会场在公共体育场，并设有播音机，这样请外来的宾客对青年作大规模的讲演，在广西本来一件很平常的事情，不过肯允许学生这样大规模地纪念“一二·九”——学生运动最光荣的一个纪念日——在别处似乎不是一件很容易的事情，所以特别值得我们的注意。数千男女青年静立广场中，整齐严肃，倾听数小时之久，毫无倦容。

看到他们所发表的关于这一天纪念的宣言，也很可以看出广西青年朋友们认识的正确。他们在这个宣言里向中央政府当局提出三个期望：（一）“在这神圣的全面的全民族的抗战之下，只有国家的存亡才是我们的存亡；只有民族的利益才是我们的利益。彻底地刷新内政，铲除亲日分子汉奸及贪官污吏，使抗战中的政治与军事连成一气，以增强抗日的力量。”（二）“我们认为只有使军队和民众打成一片，才能建立起强有力的抗战基础。因此，我们必须在改良人民生活的原则下，动员全国民众，把他们组织起来，训练起来。”（三）“为了使教育适合战时的需要，教育着每个青年，使他们都成为民族解放的有力的斗士，我们要求即刻施行战时教育。”

这段文字中有一个词“抽税”，意思是当时的文化名人经过广西，大都要被广西政府邀请进行演讲。对此，邹韬奋有专门解释：

广西当局以及公务员和青年群众，对外省来的宾客，总是虚怀若谷，殷殷请教，这种精神，记者在以前曾经略为提及。他们对于这件事还有几句说笑的话，他们说凡是外省来到广西的宾客，都要尽一种义务，就是要受广西“抽税”。可是这里所“抽”的不是“苛捐杂税”，却是“演讲税”。他们“抽税”的时候，要叫公务员听，就把全部分的公务员召集起来；要叫青年学生听，就把全部分的青年学生召集起来。整齐迅速，秩序井然。

如果我们仔细阅读前面那段文字，会发现邹韬奋对当时广西的文化环境是比较赞许的。因为，大规模地纪念学生运动，在其他地方不那么容易，在广西却是一件很平常的事情。所以，在《桂游回忆》中，邹韬奋对广西当局颇多赞扬之词，比如，“我经过广西之后，得到几个很深刻的印象，一个是广西当局的虚怀若谷，一个是广西公务员的勤奋服务，还有一个尤其深刻的是广西青年的热烈、诚恳、刻苦和努力求进步的精神”。他认为：“广西有这样多的好青年，我们不禁要对于广西的领导青年的先生们致敬。”在文章结尾，他写道：

我和同行的几个朋友这次在广西所得的印象是很好的；我们对于广西当局的艰苦奋斗，对于广西公务员的勤奋奉公,对于最可敬爱的广西青年的勤恳、坦白、天真、热烈,求知的迫切,爱国的真挚,都留下了很深刻的印象。我们看到广西的苦干精神,看到广西的在许多好青年里所潜伏着的伟大的力量,不仅为广西怀着非常恳挚的希望,实为整个的中华民族怀着很恳挚的希望,因为我们深信在复兴中华民族的伟大事业上,广西是一个很重要的生力军。

这次流亡后不久的 1938 年 3 月 15 日,生活书店在桂林成立了桂林分店。生活书店桂林分店在桂南路闹市租赁了一座两开间两进的楼房为门市部。因为桂林在抗战时期的特殊地位,也因为武汉沦陷后新闻出版界另一个重要人物胡愈之来到桂林指导生活书店桂林分店的工作,桂林分店逐步成为生活书店在西南的出版发行中心。生活书店在桂林曾经发生过一些故事,比如,聂绀弩的杂文名篇《韩康的药店》即以其为题材。如今,在桂林中山中路的八桂大厦前面,我们可以看到生活书店桂林分店遗址的纪念标识,它大概可以算作是桂林当年作为中国文化城、出版城的一个纪念。

警报时间创作的文学名著

1942 年 3 月 9 日,茅盾夫妇在香港沦陷后几经辗转到达桂林。

在桂林,茅盾住在西门外丽君路南一巷一座新盖的二层楼房里。这二层楼房是文化供应社的宿舍,分前后两栋,前楼为上房,上下共八间,后楼为下房,只有四小间,两楼中间有一个天井。这两层楼房里面住的全是文化界赫赫有名的人物。其中,宋云彬一家和一个“皮包书店”的王姓老板及其外室住前楼楼上四大间,楼下为出版社的库房,堆满了纸和书;金仲华兄妹和邵荃麟夫妇在后楼楼上各住一间,楼下两间是厨房。茅盾是在桂林房子最紧张的时候来到桂林,找房子极不容易,还是邵荃麟把他楼下的厨房让了出来,如此,茅盾才算是在桂林有了自己的家。

根据茅盾的回忆,邵荃麟让给他的这个厨房有八九个平方米，只能放一张双人床和一张桌子，茅盾的夫人孔德沚买了点简单的竹制家具，他们便将就住下了。

这个由厨房改造而成的住房霉气蒸郁，蚊子极多，而且没有电灯，晚上照明靠的是桐油灯。茅盾眼睛有病，晚上不能写作，只好在白天与夫人孔德沚合用那张唯一的方桌：孔德沚在房门口做饭，油盐酱醋的瓶瓶罐罐占了半张桌子；茅盾则利用另一半桌子，歪坐在竹凳上，写他的小说。

在桂林，茅盾不仅遇到住房小的问题，而且还面临噪声大的环境。根据茅盾本人的描述，每天到了一定的时候，他那间小房外面的天井就变得非常热闹。楼上经常是两三位太太，有时还加上个把先生，倚栏纵谈赌经；楼下则是三四位女佣在洗衣弄菜的同时，交换着各家的新闻，杂以诟谇。楼上是站着发议论，楼下是坐着骂山门，交相应和。这番情景让茅盾联想到唐朝的坐部伎和立部伎，于是他称之为"两部鼓吹"。

就是在这样的环境里，从 1942 年 3 月 9 日到 1942 年 12 月 3 日，在短短不到九个月的时间里，茅盾的文学创作获得了丰硕的成果。到桂林的第二个月，即 1942 年 4 月，他开始写中篇报告文学《劫后拾遗》，5 月 1 日完成。1942 年 6 月，他开始写长篇小说《霜叶红似二月花》，而在写《霜叶红似二月花》的同时，茅盾又写了七个短篇小说，分别是《耶稣之死》《列那与吉地》《虚惊》《太平凡的故事》《参孙的复仇》《过封锁线》和《马达的故事》，此外，还写了数十篇散文、杂文、文艺论文和旧体诗，散文有《新疆风土杂记》，杂文主要有《雨天杂写》系列五篇，文艺论文主要有《杂谈文艺修养》《有意为之》《大题小解》《谈人物描写》《“诗论”管窥》，等等。

在桂林，茅盾除了写作，也有游览。根据他的著述，他至少游览了灵渠、漓江、月牙山等桂林风景名胜。

在《雨天杂写之一》中，茅盾写到他游览灵渠的感受：

> 前些时候，有一个机会去游览了兴安的秦堤。这一个二千年前的工程，在今日看来，似亦没有什么了不起，但在二千年前，有这样的创意（把南北分流的二条水在发源处沟通起来），已属不凡，而终能成功，尤为不易。

秦堤即灵渠。茅盾此文，目的不在写灵渠，而在写与秦皇汉武有关的历史。秦皇汉武如今已经定格为中国历史上的有为君主，但茅盾对他们的看法却颇有意思，他指出“秦始与汉武同样施行了一种文化思想的统制政策”，他说：

> 我有个未成熟的意见，以为秦始和汉武之世，中国社会经济都具备了前进一步、开展一个新纪元的条件，然而都被这两位“雄才大略”的君主所破坏；不过前者尚属无意，后者却是有计划的。

文章中，他对秦始皇和汉武帝如何破坏了当时的商业经济有具体说明，其基本观点大概为中央经济压制了民间经济。茅盾是中国作家中少有的对社会经济制度有深入研究的人物，长篇小说《子夜》在此领域有独到表现。《雨天杂写之一》透露出来的这个观点是值得重视的。

在《桂林春秋》中，茅盾写到了他的漓江夜游：

> 大约在九月间，亚子以国民党监察委员的身份，从广西省政府弄来一条游船，约集我们十多个人（记得其中有陈此生、田汉、熊佛西、杨东莼），带了家眷，乘船于月夜顺漓江而下，一路上饮酒、吟诗、观景、赏月，天明抵达阳朔，登岸游览，下午乘木炭汽车回桂林。

离开桂林几天前，茅盾游览了月牙山：

> 十一月二十九日，柳亚子、田汉夫妇等请我们到月牙山吃豆腐，为我们饯行。月牙山为桂林一名胜，紧傍漓江，山上有寺，殿堂筑于山洞中，山前有一素菜馆，煮的豆腐远近闻名，被誉为桂林三宝之一。我们品尝着滑嫩鲜美的豆腐，远眺笔立的群山，耳听漓水的喧哗，不禁为这几年来国事之艰难，文网之森严，以及朋友们聚散之无常而概叹。

居住桂林，茅盾也努力了解广西，专门请陈此生为他借得一部《广西通志》。通过读书，茅盾对广西山水形成了自己的认识：

而且我又借此领悟了一点点。这一点点是什么呢？说来贻笑大方，盖即明白了广西山水之美，不在外而在内；凡名山必有佳洞，山上无可留恋，洞中则幽奇可恋。石笋似的奇峰，怪石嶙峋，杂生羊齿植物，攀登正复不易，即登临了，恐除仰天长啸而外，其他亦无足留恋。不过"石笋"之中有了洞，洞深广曲折，钟乳奇形怪状，厥生神话，丹灶药炉，乃葛洪之故居，金童玉女，实老聃之外宅，类此种种，不一而足，于是山洞不但可游，且予人以缥缈之感了；何况洞中复有泉、有涧、乃至有通海之潭？

当然，最让茅盾有感而发的还是桂林的文化环境：

桂林市并不怎样大，然而"文化市场"特别大。加入书业公会的书店出版社，据闻将近七十之数。倘以每月每家至少出书四种（期刊亦在内）计，每月得二百八十种，已经不能说不是一个相当好看的数目。短短一条桂西路，名副其实，可称是书店街。这许多出版社和书店传播文化之功，自然不当抹煞。

多年后他写回忆文章，对桂林亦有概括性的评价：

桂林在抗战中是有名的文化城。广西地方当局为确保自身利益和抗衡重庆政府的压力，在一段时间内曾对共产党采取了一定程度的合作态度，允许若干的进步活动。他们招揽了大批进步文化人到桂林工作，创办了好多进步刊物，使得桂林成为一个民主空气比较浓厚，文化生活比较活跃的城市。皖南事变后，形势有了变化，各种限制增加了，图书检查严厉了，但比之当时令人窒息的重庆，桂林仍旧算是块“宝地”。因此，香港沦陷后，脱险回到内地的文化人投奔的第一个目标就是桂林。

大文豪茅盾来到桂林，桂林的出版社、杂志社纷纷向他约稿。当时有一个学艺出版社，是生活书店桂林分店的化身，获得了《劫后拾遗》的出版权。另一家华华书店，则获得了《霜叶红似二月花》的出版权。此外，《中学生》《新文学连丛》《诗创作》发表了茅盾在桂林写作的文艺论文。孟超为集美书店编的《艺术新丛》、凤子接编的《人世间》、周钢鸣编的《种子》以及《山水文艺丛刊》等刊物，都获得了茅盾的文章。

人们意想不到的是，茅盾在桂林写作的这许多作品，其最佳的写作时间是每天两三个小时的警报时间，对此，茅盾回忆道：

来到桂林，空袭警报便成了家常便饭，除了雨天，几乎天天拉警报，每次二三小时不等，不过敌机不常来，偶而听到飞机声，甚至炸弹爆炸声，目标多是郊区的飞机场、军用仓库之类。但桂林人就此养成了习惯，每天总有两三个小时在防空洞内度过。桂林钟乳石的岩洞很多，洞内宽敞，坚固而又阴凉，人们乐得在里面休息。不过我和德祉从来不躲警报，我的逻辑，炸弹不长眼，它要落到你头上，躲也没有用。况且那两三个小时我的灶披间最安静，既无来访的客人，"两部鼓吹"也进了防空洞，我可以专心写作。

抗战时期云集桂林的文化人数以万计，作家创作的文学作品更是数以万计，然而，如今还传世的作品确实不多，但有一部作品确在中国现代文学史上有着非同寻常的地位，那就是《霜叶红似二月花》。

1943 年 10 月 20 日下午，在桂林蜀腴川菜馆召开了一个座谈会，参加者有巴金、艾芜、田汉、安娥、孟超、林焕平、周钢鸣、洪遒、胡仲持、胡明树、孙怀琮、黄药眠、韩北屏、灵珠、司马文森、端木蕻良。会上，与会者对茅盾刚刚出版的《霜叶红似二月花》进行了高度评价，最后还联名给茅盾发了电文，称"先生此作，为抗战以来，文艺上巨大之收获"。

广西省政府和广西大学迁至桂林

1912年,亦即民国元年,广西省政府由桂林迁往南宁。

自省政府迁南宁,桂林经济日形凋敝,又屡遇兵火,人民生计殊感困难。

1932年,著名记者杜重远游览桂林,在他眼里:

> 桂林原系广西之省府,商务繁盛,人烟稠密,自陆荣廷迁府南宁后,百业萧条,生计维艰,马路未修,电话未设,举凡新文化之享受,均付阙如……据闻三万圆以上之商店,全城恐未之有……

1937年七七事变爆发之前,陈畸游览桂林,文章将南宁与桂林作了比较:

过去的二十五年中，桂林显然是落在南宁的背后了。南宁早已有许多近代型的建筑，桂林的则是在旧而特别有着中国风格的。这很可以作为桂林在历史上的重要地位的说明。那些堂皇的建筑，早就有点颓丧了……

20 世纪 30 年代，新桂系励精图治，建设广西，他们计划将南宁建设成为政治、经济和军事中心，将梧州建成商业中心，将柳州建成工业中心，将桂林建成文化中心。

1936 年，广西省政府迁回桂林。

为什么广西省会要从南宁迁回桂林？

李宗仁有过简明扼要的说法：

为应付即将爆发的抗战，我们深觉广西省会的南宁，距离海口太近，极易受敌人威胁。二十五年秋，“六一抗日运动”事件结束后，我乃于广西全省党政军联席会议中陈述，为应付将来抗战军事上的需要，省会应自南宁迁返桂林。一则可避敌人自海上登陆的威胁，再则可与中央取得更密切的联系。加以桂林多山洞，是最好的天然防空设备。一省省会的迁移，往往引起人民不绝的争执，且兹事体大，最难作出决定。但此次经我解释后，大家一致通过，殊出人意料之外。

李宗仁确有先见之明。1936 年 10 月广西省政府迁至桂林,半年多后,“卢沟桥事变”发生,全面抗战爆发。1939 年 11 月,桂南战役开始,日军从钦州湾龙门、防城港企沙登陆,相继占领防城、钦州,24 日攻占南宁。

难以想象,如果南宁当时仍是广西省会,抗战会是一个什么局面。

在省政府迁返桂林之前数天,广西绥靖公署、第四集团军总部已经由南宁迁至桂林。这意味着桂林已经取得广西军事中心的地位。

几天后,省政府迁返桂林,意味着桂林取得广西政治中心的地位。

政治、军事和文化中心的建立,自然会影响到一个城市的商业和经济。陈畸是在广西省政府迁回桂林数月之后游览桂林的,他专门描述了桂林成为省会前后不同的商业氛围:

> 桂林原先已有十多家旅馆,设备的简单,正可以说明了这个地方前此二十五年中的一般现象。因为桂林既经失掉了它的首治的资格,同时又并不是工商业的中心,交通又不大便利,就无需乎多数而且与营业不配合的“高等”旅馆。我们不能完全反对旅店主人的商业主义的算盘。现在桂林又成为广西的中心了;那些简单的旅店不能够满足多数旅客的需要,新的营业就开始啦。还不到半年的时间,桂林有了差不多二十家的新旅馆出现。这些数目约等于原有的一倍,设备却大都超过了原有的;先前那些所谓头等的旅店,

现在变做三等的了。但因为旅客的来往不绝，生意并没有受到资格降级的影响。

凌鸿勋1937年初游览桂林时，与当时桂林市政处的关文俊交谈，得知民国之前桂林为广西省会，城市繁荣，人口已达十余万，自民初迁省南宁，桂林遂濒于冷落，人口锐减。据陈畸文中记载，省政府迁返桂林之前，桂林人口为63277人，省政府迁返桂林之后，桂林人口86428人，短短几个月的工夫，人口增加了30%，足见桂林复兴和繁荣的速度。不过，这个速度与抗战爆发后的情形相比，或许又可以称作是小巫见大巫。

省政府迁回桂林，才有广西建设研究会、国防艺术社等重要文化机构在桂林的成立。此外，还有一个重要的文化机构——广西大学，同样是因为桂林成为省会后而迁至桂林。

1928年成立于梧州的广西大学是广西最高学府。梧州时期的广西大学先后成立了理学院、农学院和工学院。1936年4月，时在南宁的广西省政府委员会决议修正通过《广西高等教育整理案》，这个整理案的第一项内容就是：广西大学校本部，应设于省政府所在地之南宁。

这个决议通过不到半年，广西省政府迁到了桂林。根据广西大学本部必须与省政府同设一地的规则，1936年10月，在广西省政府迁至桂林的当月，广西大学也迁到了桂林，开启了广西大学的桂林时期。

桂林时期无疑是广西大学历史上最好的时期。与只有理、农、工三个学院的梧州时期的广西大学相比，桂林时期的广西大学拥有了文法、理工、农、医四个学院，其中理工学院由理学院和工学院合并而成。也就是说，桂林时期的广西大学比梧州时期的广西大学多了文法和医学两个学院。

广西大学文法学院实际上是由撤销了的广西省立师范专科学校组成，但在规格和规模上均有明显提升。规格，指的是学历层次。原广西省立师范专科学校是专科学历，广西大学文法学院提升为本科学历。规模，指的是专业范围。原广西省立师范专科学校，从第三届开始专业招生，第三届招史地组一班，第四届招文学组一班。也就是说，就专业而言，广西省立师范专科学校除最初不分专业的综合师范专科外，仅有史地和文学两个专业。广西大学文法学院则曾经设有文学、社会学、法律学、政治学、经济学五系，还有文史地、银行和会计三个专修科，专业规模得到极大的扩张。

最高学术研究机构、最高艺术创作机构、最高学府，纷纷落户桂林，意味着桂林已经成为广西文化中心。

然而，人们想不到的是，这个偏居中国西南以山水闻名的城市，不久之后，竟然会成为中国的抗战文化中心。

张洁的童年记忆

20 世纪 80 年代有一位名叫张洁的女作家,今天知道她的人不多,但当时她却是中国文坛知名度最高的女作家之一。

至今,她所取得的文学成绩也鲜有人匹。

她曾经三次获得全国优秀短篇小说奖,1978 年获奖作品为《从森林里来的孩子》,1979 年为《谁生活得更美好》,1983 年为《条件尚未成熟》。

她还获得一次全国优秀中篇小说奖,获奖作品为《祖母绿》。

当年的全国优秀短篇小说奖和中篇小说奖相当于如今的鲁迅文学奖。

更重要的是,张洁还曾经两次获得茅盾文学奖,1985 年以《沉重的翅膀》获第二届茅盾文学奖,2005 年以《无字》获第六届茅盾文学奖。

三次全国优秀短篇小说奖,一次全国优秀中篇小说奖,两次茅盾文学奖,这个记录,似乎至今还没有人打破。

张洁不仅获奖次数创记录,而且其作品也极具影响力。她最具影响力的作品还不是那些获奖作品,而是1979年发表在《北京文学》的短篇小说《爱,是不能忘记的》和1982年发表在《收获》的中篇小说《方舟》。此外,她的散文《捡麦穗》和《挖荠菜》也拥有大量的读者。

按今天的说法,《爱,是不能忘记的》写的就是一场婚外恋。女主人公钟雨自称为"痛苦的理想主义者",离异,与一位有家室的老干部相恋,用小说里的话说:"二十多年啦,那个人占有着她全部的情感,可是她却得不到他。""那男主人公对她也会有感情的。不过为了另一个人的快乐,他们不得不割舍自己的爱情……"他们相爱20多年,但是,"把他们这一辈子接触过的时间累计起来计算,也不会超过二十四小时"。不过,在小说叙述者、女主人公的女儿、他们爱情的见证人看来:"哪怕千百年过去,只要有一朵白云追逐着另一朵白云,一棵青草傍依着另一棵青草,一层浪花拍打着另一层浪花,一阵轻风紧跟着另一阵轻风……相信我,那一定就是他们。"

今天的读者一定会觉得这样的爱情不可思议,然而,1979年,对于刚刚改革开放的中国,《爱,是不能忘记的》这个短篇小说,不知震撼、迷醉、启迪了多少读者的心。

张洁祖籍辽宁抚顺,1937年生于北京。很少人知道,张洁童年的时候,曾经在桂林生活过几年。

我曾经是张洁作品的拥趸，上大学之前和大学期间读过张洁大量作品，早在大学时代，我就读过她的《帮我写出第一篇小说的人——记骆宾基叔叔》，因此知道张洁与桂林曾经有过的因缘。

文章这样写道：

珍珠港事变以后，在桂林，有很长一段时间，他住在我们家里。由母亲做饭、洗衣、照顾他的生活。他很少换衬衣。除非出门、或是上哪位太太家里做客，才会换上一件由我母亲为他洗干净、熨平整的衬衣。也许母亲的操劳使他很不过意，他想尽力减少她的负担。但我相信，更多的原因是因为他不修边幅。……

而且清早起来，只要一打开他的门，便有浓浓的烟雾从他那窄小的房门里滚滚地涌出。那个房门，活象个烟囱口。好象他一夜没睡，挺辛劳地烧了一夜的湿柴禾。他吸烟吸得很凶。

长大以后我才知道，《北望园的春天》那本集子里的好几篇小说，就是他穿着脏衬衣，在冒着团团烟雾的那间房子里写就的。要是我想念儿时在桂林的生活，我会从那本集子里找到昔日的房间、竹围墙、冬青树、草地、鸡群、邻居家的保姆、太太，以及我父亲、我母亲和我自己的影子。

我并不是一个十分淘气的孩子。但我常常挨揍，因为大人们的心情不好，或是因为没钱买米，或是因为前方战事吃紧，或是他们自己在哪儿受了窝囊气……好象一揍我，他们的心情就可以变好；便可以有钱买米；前方便可以打胜仗；他们就可以不再受人凌辱。因为老是挨打，大概他也认准了我是一个不堪造就的孩子，不然为什么老是挨打呢？

这里的“他”是当年旅居桂林的东北作家骆宾基，“我”就是张洁。

这段文字并不长，却隐藏着张洁何以性格独特、人生坎坷的秘密，这秘密就是童年时代父亲对她的“虐待”。后来，在带有鲜明自传色彩的长篇小说《无字》中，在写到女主人公吴为幼年时期的香港生活时，吴为后来反省认为：正是她的父亲顾秋水引发了她对男人的总体失望，扼杀了她在男欢女爱、两情相悦上的能力。

三联书店原总经理、《读书》主编沈昌文在他的口述自传《知道》中有一段回忆：

当年三联编辑部的大人物还可以说好几位。不知道什么道理，那时候把一批东北军中间起义的人物分过来了。一位大人物叫应德田，做过张学良的秘书。还有一位大人物，叫董秋水，此人是著名作家张洁的父亲。据张洁说，他背叛了自己的妻子和女儿。张洁最近写东西老是骂一个人，叫顾秋水，据说写的就是她父亲。这位董先生经常是衣服穿得笔挺，头发梳得光亮。用我们当年革命青年的说法，是旧官僚那样的。每逢党的代表大会开幕,他一定要写一首“五言”或是“七律”,贴在墙上表示祝贺的心情,他是起义的嘛。所以,当年的三联编辑部非常热闹。

董秋水是张洁的父亲,上文中的顾秋水,则是张洁长篇小说《无字》中女主人公吴为的父亲,根据沈昌文的口述,董秋水即长篇小说《无字》中顾秋水的原型。张洁到桂林之前,在香港生活过很短一段时间。当时,张洁四岁多。

韩文敏的《现代作家骆宾基》中,专门有一段关于董秋水的记叙:

骆宾基到达香港一周后正逢中秋佳节,又是“九一八”10 周年。这天晚上,骆宾基和他同室而居的理论工作者董秋水应邀前往周鲸文公馆聚餐。来客中有人曾在东北军上层任职。饭后,周鲸文夫妇陪客人到宅前滨海的半山腰上赏月。主妇原籍东北,毕业于南开大学,爱好文艺,当晚,她和骆宾基一同散步。他们兴致勃勃地谈论着列夫·托尔斯泰和其他世界著名作家的作品。回到《时代批评》编辑部楼上,就寝前,董秋水感慨唏嘘:

“我不得不宾服你,骆宾基。”

“为什么呢?”

“为什么?”他扫了一眼骆宾基那身破旧西装,“看你,穷成这副样子了……可我实在想不到,在那些人面前你竟那么坦然……”

骆宾基开怀大笑,少顷,温和的目光射向他的伙伴:

“你怎么把‘那些人’看得那么高呢?”

“什么叫‘看得’? 本来不就是嘛! 论地位, 论军阶……”

“唉,都是没落的了! 不是吗? 未来是属于我们的,不是吗? 为什么要鄙薄自己?”

董秋水微微点头,沉吟半晌,又说道:“我不行,总记得以往在东北军里我的职务低,总觉得在那些人面前矮一头,所以……比如说吧,我给这样人当家族教师,总觉得自己的地位实际上比他家里的厨子略高一等,跟打扫房间的保姆所差无几……有一回,人家要我陪着逛大商店,要给我选块料子做件好衣裳,我赶紧推辞,说‘不用,不用,使不得……’可又一想,这么一来,是不是显得更寒伧了,真是左不是,右不是,心里老是疙里疙瘩的……”

骆宾基看着这伙伴的一脸苦相,不由地涌起一阵怜悯,“人和人的感觉、想法,有多不同!”他暗自惊异,但又觉得董秋水这番话是出于至诚的,不能伤了他的自尊。

“你的顾虑其实大可不必,可是,我相信,你的那种感觉和心理是真实的,以后你不妨把这些写进小说……”

从那个晚上起,他们成了知心朋友。而这位董秋水成了骆宾基写于5年后的一个短篇小说的主人公的模特儿。

骆宾基小说集《北望园的春天》中的《贺大杰的家宅》写于1946年,距骆宾基和董秋水的那顿聚餐将近五年。此篇写的是几个东北籍人物的桂林生活,小说内容与张洁提供的桂林生活回忆有相似之处,可以推断,董秋水正是《贺大杰的家宅》中主人公贺大杰的原型,而小说中那个九岁的女孩"怀北",应该就有张洁的影子,当然,当时的张洁还不到九岁,应该是五岁至七岁。

上述引文中的那顿聚餐没过多久,太平洋战争爆发,张洁一家逃到了桂林。从香港逃到桂林的张洁已经五岁。长篇小说《无字》对顾秋水(以董秋水为原型)的香港生活和桂林生活皆有叙述。根据《无字》的叙述,因为父亲顾秋水对母亲叶莲子极其鄙视,叶莲子曾经带着吴为到柳州找了一份小学教员的工作。不幸的是,她们在柳州遭遇了火灾,只好回到桂林。按照小说中的说法,顾秋水曾经在桂林版《力报》上发表过一些小文章,一辈子也没有过正当的职业、正式的收入,也许有过当作家的愿望,可是他华而不实,吃不了苦,沉不下心。这个评价恰好可以和张洁那篇《帮我写出第一篇小说的人——记骆宾基叔叔》文章中末尾的内容对应。在这篇文章中,张洁写道:

父亲其实是个很可怜的人。太过地小聪明,却又大半辈子仰人鼻息过日子。等到解放,可以认真干一番事业的时候,韶华却已远去。精神、体力都已不济,已经养就的许多习惯也都很难改变了。他虽活着,但他的一生似乎已经了结。翻开在他面前的那本大书，已经是另外一页，记载着另外一些人的故事。

在《无字》里，到桂林之后，顾秋水像在香港时期一样虐待吴为母女，这种状况几乎成为吴为一生的噩梦。直到 1944 年 8 月，衡阳失守，桂林告急，顾秋水才带着吴为母女逃出桂林，转移重庆。

由于掌握的资料有限，我们很难重现张洁桂林时期的生活。不过，值得指出的是，正是因为骆宾基在桂林时期与张洁一家有过一段短暂的共同生活，让张洁认识了这样一位作家叔叔。1954 年，正在抚顺念中学的张洁对文学产生了兴趣，遂开始了与作家叔叔骆宾基的通信。1978 年，骆宾基给张洁讲了一些中央音乐学院招生工作中的动人故事，鼓励张洁将其写出来。张洁写出来之后，听取了几位前辈的意见。最后，骆宾基将这个作品命名为《从森林里来的孩子》。这是张洁写的第一篇小说，并获得了全国第一届优秀短篇小说奖。

胡适给桂林留下的

1935 年 1 月,有两位姓胡的大师级人物不约而同地游历了广西。一位是中国的报业巨擘,《大公报》总经理胡政之;另一位是五四新文化运动的领袖胡适。前者发表了《粤桂写影》,后者出版了《南游杂忆》。

胡适在广西总共旅行了 15 天,其中,在桂林的时间共 5 天。

五天时间,胡适用两天时间游览了桂林城区的风景名胜,主要是独秀峰、七星岩、龙隐岩、虞山和叠彩山等,然后用一天半的时间乘船游漓江,又用半天时间游览阳朔。从阳朔回桂林的路上,在雁山广西师范专科学校,也就是今天的广西师范大学做了一个演讲,晚饭后又携汽油灯夜游雁山园。这就是当年胡适游桂林的整个游程。

胡适本质上是一位学者,他的桂林旅游行知书主要是范成大的《桂海虞衡志》和徐霞客的《徐霞客游记》。不过,作为受过很好的西方教育的现代文人,他也注意用科学眼光观察广西地质现象,比如,在他的游记中,就转述了翁文灏先生对广西地貌的说法:这种山岩,地质学家称为“喀尔斯特”山岩(Karstic),在世界上,别处也有,但广西、贵州要算全世界最大的统系。如今人们对“喀斯特”这个概念耳熟能详,但在1935年,像胡适这样认识广西地貌的人,肯定还不多。

桂林诸峰,胡适留下笔墨最多的是独秀峰。胡适对独秀峰的观察有两点值得注意。一是他发现桂林诸峰多是石山,无大树木,独秀峰上稍有树木,这是独秀峰胜出桂林诸峰的地方。后来他游览阳朔时,也发现“桂林诸山稍稍分散,阳朔诸山紧凑在江上;桂林诸山都无树木,此间颇有几处山上有大树木,故比较更美丽”。显然,胡适表现了对桂林诸峰绿化的关注。虽然如今桂林诸峰遍植树木,郁郁葱葱,但当时情形确如胡适所记。胡适意识到独秀峰之美与其良好的绿化有关,这在当时可以算是慧眼独具了。二是胡适指出“桂林诸大山以岩洞见奇,然而岩洞都是可游而不可入画的,独秀峰无岩洞,而娇小葱茏,有小亭阁,最便于绘画,故画家多喜画独秀”。胡适这番道理是否正确不敢说,但是他弄错了一个事实,那就是独秀峰同样有岩洞。不过,胡适这番话告诉了我们一个事实,独秀峰曾经是许多画家的绘画题材。这是值得做山水画史研究的学者留意的。

胡适的文艺鉴赏水平高不高不好说,但他肯定是有学术眼光的人,在桂林旅游的时候,他提了一些建议,我觉得都很可取。

首先,胡适游览七星岩的时候还处于岩洞旅游的火把时代,他对游览七星岩提出建议说："千百年中，游人用的松明烟和煤油烟，把洞壁都熏黑了。其实这种岩洞大可装设电灯，可使洞中景物都更便于赏观，行路的人可以没有颠跌的危险，也可以免除油烟熏塞的气闷。"这些建议在当时肯定是有价值的。

其次，胡适在游览龙隐岩和龙隐洞的时候，读到了著名的《元祐党籍碑》，胡适说他"久想见此碑，今日始偿此愿"。桂林的摩崖石刻很多，胡适游览的那些山和洞都有不少石刻，比如虞山的《舜庙碑》等，让他大饱眼福。他因此发议论：

> 此类古代名人题记，往往可供历史考据，其手书石刻更可供考证字画题跋者的参考比较。广西现有博物馆，设在南宁：我们盼望馆中诸公能作系统的搜访，将各地的古石刻都拓印编纂，将来可以编成一部"广西石刻文字"，其中必有不少历史的材料。

抗战时期，广西文化人林半觉从事广西石刻研究，颇有建树，不知是否受胡适此建议的启发？

再次，在游览漓江的游船中，胡适对船上桂林女子唱的柳州山歌颇有兴趣，他用铅笔记了下来，共记了三十多首，例如：

> 高山高岭一根藤，藤上开花十九层。
> 你要看花尽你看，你要摘花万不能。

要吃笋子三月三，要吃甜藕等塘干。

要吃大鱼放长线，想连小妹耐得烦。

关于广西山歌，胡适虽然没有提什么建议，但我觉得，他记录三十多首山歌的行为就是很好的建议——建议人们要重视广西山歌。

本文标题为“胡适给桂林留下的”，上面的文字表明，胡适给桂林留下了一些审美发现和学术建议；但本文的重点在下面，胡适给桂林留下了两个著名景点的命名。

第一个是光岩。

光岩即如今的桂林冠岩。胡适在乘船去阳朔的途中游览了光岩，并留下了较详细的游览文字：

但我们这回坐船游阳朔，也有很好的收获。徐霞客游记里没有提到“光岩”，我们却有半夜游光岩的豪举。光岩是刘毅夫先生前年发现的，所以他力劝我们坐船游阳朔，一半也是为了要游光岩。船到光岩时，已半夜了，我们都睡了。毅夫先生上岸去，先雇竹筏进去探看，出来时他把竹筏火把都准备好了，然后把我们都从睡梦里轰起来，跟他去游洞。光岩口洞临江，洞甚空敞，洞里石乳甚多而奇，有明朝游人石刻甚多。毅夫前年曾探此洞，偶见洞后水面上还有小洞，洞口很低，离水面不过两三尺；毅夫想出法子来，用竹排子撑进去探险，须全身弯倒始能进去。进去后，他发现里面还有很奇的岩洞,为向来游人所未曾到过。所以他很高兴,在第一洞石壁上题字指示游人深入探奇。今夜他带领我们进洞口,石壁上他的墨笔题记还如新的。我们一班人分坐三个竹排子,排子上平铺着大火把,大家低头弯腰,进入第二洞。里面共有三层大洞,都很高大,有种种奇形的石乳。最后一洞内有石乳作荷藕形,凡八九节,须节都全,绝像真藕,每一洞内都有沙涨成滩,都是江水打进来的。每过一洞口,都须低头用手攀住上面岩石,有时撑排的人都下水去用手推竹排子。第二洞以后,石壁上全无前人题刻,大概古人都不知有这些幽境。毅夫为游此洞,在桂林特别买了一个价值十七元的大电筒,每进一洞,他用大电筒指示各种石乳给我们看。他说,最后一洞的顶上有三个小洞透入光线,也许"光岩"之名是从那里来的。晚间我们当然看不见那三处透光的小洞。但我想里洞既非前人所熟知,光岩之名未必起于这透光的小孔,大概因前洞高敞透明,故得光岩之名。此洞之发现,毅夫之功最多,最后一洞大可以题作"沛泉洞"(毅夫名沛泉)。毅夫说,此洞颇像浙西金华的双龙洞。

这段文字有几个值得注意的信息。一是胡适认为徐霞客游记没有提到光岩;二是光岩是刘毅夫的发现;三是光岩的名字来自最后一洞顶上三个小洞透入的光线。

我最初读到这段文字的时候颇为兴奋,以为光岩真是刘毅夫的发现。刘毅夫，广东人，名沛泉，毅夫是他的字，1930年代曾任湘桂铁路局长、中国航空公司经理。他发现了从化温泉，统筹从化温泉建设，是从化温泉事业的开发创办人之一。胡适的广西之旅，他是主要陪同。刘毅夫发现了从化温泉，又发现桂林光岩，应该是现代旅游史上的重要人物。不过，经过查阅资料，我意识到光岩并非刘毅夫的发现，徐霞客的《粤西游记》已经详细记录了光岩，只是没有用光岩这个名字，而是用如今流行的名字冠岩。这里有徐霞客的文字为证：

> 舟转西北向，又三里，为冠岩。先是江东岸崭崖，丹碧焕映，采艳画山。冠岩即在其北，山上突崖层出，俨若朝冠。北面山麓，则穹洞西向临江，水自中出，外与江通。棹舟而入，洞门甚高，而内更宏明，悉悬乳柱，惜通流之窦下伏，无从远溯。壁间在临海王宗沭题诗。诗不甚佳，时属而和者数十人，俱镌于壁。觇玩久之，棹舟出洞，望隔江群峰丛合，忆前拦州所见穿山当正对其面，惜溪回山转，并其峰亦莫能辨识。顷之，矫首北见皎然一穴，另悬江东峰半，即近在冠岩之北。

胡适博览群书，自称有考据癖，但他确实对广西相当陌生，议论常有错误。比如他说独秀峰是桂林诸峰中最低小的，这就不确。查阅《桂林旅游资源》，独秀峰海拔216米，与其相邻的伏波山海拔213米，仅此即可证明独秀峰不是桂林最低小的山

峰。胡适又说徐霞客未曾提到光岩,光岩是刘毅夫的发现,这又错了。不仅徐霞客已经考察过冠岩,明代蔡文还为冠岩写过诗歌:

洞府深深映水开,幽花乱石白云堆。
中有一脉清流出,不识源从何处来。

徐霞客的文、蔡文的诗皆表明冠岩并非刘毅夫的发现。不过,可以推想,在刘毅夫“发现”冠岩之前,冠岩尚未广为人知;而在刘毅夫发现冠岩之后,冠岩逐渐名声大振。因为,1937 年,李宗仁专门为冠岩题写了岩名:光岩。李宗仁为何题写“光岩”而非冠岩,各有说法:一是当地人口音“冠”“光”难分,造成误会;二是“光”取“光复”的意思,因为当时正是日本侵略中国的时候,光复大好河山是当时的共同使命。

冠岩有多层溶洞,胡适将最后一洞命名为沛泉洞,以此纪念刘沛泉(毅夫)对此洞的“发现”。如今,冠岩已经成为桂林著名岩洞之一,每年都有数十万计的游览者。李宗仁的题名深刻在冠岩洞口。人们大多知道冠岩之冠(因冠岩所在山峰形似古代的冠帽),也知道光岩之光,但鲜有人知道冠岩中有一洞曾被胡适命名为“沛泉洞”。本文录下此事,也算为丰富冠岩的人文内涵做点贡献。

第二个是相思洞。

胡适从阳朔返回桂林时途经雁山园,当时天已黑了,在广西师范专科学校演讲之后始用晚饭,晚饭后由当时的师专校长罗尔棻陪同游园。雁山园内有两山,北为乳钟山,南为方竹山。根据胡适的文字,他游览的应该是方竹山。方竹山下有桃源洞,亦名相思洞,南北贯穿,上下两层。按胡适的说法,当时他游览该岩洞时,该岩洞尚无名字,他因为此去不远有相思江,岩下又有相思树而将此岩洞命名为相思岩,这个命名得到了陪同者的赞许。如今我们游览雁山园,游览相思岩,导游者都会介绍当年胡适游雁山园的典故。

胡适不仅为相思岩取了名字,还为相思岩写了一首小诗。小诗戏仿前一天在漓江上听到的广西山歌:

相思江上相思岩,相思岩下相思豆。
三年结子不嫌迟,一夜相思叫人瘦。

虽然戏仿山歌,但胡适的文人身份使他的戏仿山歌还是文绉绉的,不合山歌的章节,不适宜于歌唱。他的一位朋友帮他作了修改:

相思江上相思岩,相思豆儿靠岩栽。
(他)三年结子不嫌晚,(我)一夜相思也难挨。

胡适是乘飞机从柳州到桂林的,又乘飞机离开桂林。在空中,他写了一首《飞行小赞》的小诗:

看尽柳州山，
看遍桂林山水，
天上不须半日，
地上五千里。

古人辛苦学神仙，
要守百千戒。
看我不修不炼，
也凌云无碍。

胡适是中国新诗最早的尝试者，这就是他留给桂林的尝试诗了。

五五旅行团游桂林

1932年5月,有一个五五旅行团作了一次广西之游。在游览了梧州、南宁、柳州之后,5月10日早晨4时,他们乘车前往桂林。

所谓五五旅行团,大约有三个意思:第一个意思是这个旅行团的团员共“五五”25人;第二个意思是他们是1932年5月5日进入广西境内;第三个意思是纪念1921年5月5日,孙中山在广州就任非常大总统。

五五旅行团的成员大多是当年政界、军界、实业界、教育界、文艺界的名人,像伍朝枢、罗翼群、叶恭绰、吴尚鹰、傅秉常、高奇峰、张坤仪、刘体志、柯道医生、梁培基等。

桂林是他们广西之游的重头戏。从柳州经雒容、鹿寨、榴江、修仁、三江、荔浦、马岭、阳朔、良丰,5月10日下午7时,五五旅行团抵达桂林。

还在途中,五五旅行团已经感觉到风景之美好:

本日沿途所见诸山,皆孤峰耸峙,不相连属,诚为全国特色。以多石少土,难育森林,又岭崎峭险,故亦乏建筑物。石涛画本,盖全出于此。非身历其境不知也。石涛印章云,搜尽奇峰打草稿,又曰精选一千峰。知其所得者深矣。

团员中高奇峰等人为民国著名画家,擅长山水画,他们从沿途诸山看出石涛画中风景的来历,自有一番惊喜。那个时代,到过桂林的艺术家并不多,早他们 20 多年,齐白石也有过桂林之游。桂林游给了齐白石绝大的艺术自信,所谓“自有心胸甲天下,老夫看惯桂林山”。如今,五五旅行团中的艺术家身临其境,自然美的欣赏和艺术美的感悟,不是短短的文字可以抒写的。

途中,他们看到了十余位男女瑶民,他们还专门为之摄影。中午 1 时半抵达荔浦,当时荔浦芋已经很有名,团员皆欲一尝,还各买了十余斤携带而归。下午 4 时半抵达阳朔,“同人震于阳朔之名,摄影者寻画稿者,各应接不暇”。下午 7 时抵达桂林。

我们不妨看看当年五五旅行团在桂林游览了哪些地方,或许对我们今天的桂林旅游有所启示。

五五旅行团住宿的地方是八桂堂,即桂林旧藩署,当时为十九师师部所在地。据他们的描述,当时桂存七株,但并非古桂,而是近数十年所植。八桂堂是当年桂林著名的园林式宾馆,可惜如今已不存。

5 月 11 日上午他们首先游览的是中山公园，也就是靖江王城，独秀峰亦在园内。独秀峰山麓是排名全省之冠的图书馆，在五五旅行团看来，此图书馆藏书不多，储藏亦不尽得法。他们认为，广西如果想以桂林为省文化区，尚须于此类文化事业多加设备，方足策进。当时的省立第三中学大约也在独秀峰附近。《桂游半月记》这样写道：

> 全山石刻甚多，以不能细读为憾。山麓有刘宋颜延年读书岩，中空若室，信藏修之佳境也。同人有登峰造极者，有半途而返者，有徘徊观望者，各适其适。高奇峰及张坤仪女士则忙于写生，傅秉常、刘体志、刘荫孙则忙于摄影。

毫无疑问，桂林主峰独秀峰还是颇有吸引力的。

离开独秀峰，五五旅行团去了叠彩山，他们对叠彩山的描述是："山在城北，背临漓江，岩洞窈深，竹木森秀，向为士女宴游之所。"

叠彩山之后，他们去的是虞山，登南薰亭，陟韶音岩，他们认为地颇幽静，而不耐深览。

接下来他们绕至如今已经不存在的丽泽门外，参观蒋翊武先生就义处，继续往城外走，到了隐山。

历史上，隐山是桂林一个重要的风景名胜，五五旅行团亦用较大篇幅描述了他们的隐山之游：

至隐山入门为一道院，门标“招隐”二大字，内摩崖刻老君像，饰以青红，刻手似不甚工，至多为明代物，则朝阳洞也。转出山半，则余五洞见焉。岞□□砑，有如盘景。时雨后积水，仅二洞可入。土人利其泉水以□豆芽，亦一生计也。全山树石蒙密，幽艳宜人，惜未穷其胜。此山唐宋时山泉下注，潴而为湖，倒影冲融，河渠弥望，故游者皆乘舟入洞。至明已积淤成陆。今则距水弥远，景大逊前。此行复未得放棹游观，深可惜也。各洞碑刻森列，多宋明人作，且有唐代题名，苦不能览记。他日有志粤西金石者，勤加搜剔，所得必有远过《粤西得碑记》者。

从独秀峰到隐山，五五旅行团注意到桂林一个重要的文化现象，就是摩崖石刻的丰富。在独秀峰的时候，他们只是提到摩崖石刻甚多；在隐山，他们则明确提出了粤西摩崖石刻的价值超过粤西碑刻的价值。这是1932年。后来，越来越多旅桂者发现了桂林摩崖石刻的价值，也催生了一些研究桂林摩崖石刻卓有成就的学者。

5月12日，五五旅行团出今已不存的水东门，过浮桥。浮桥即今解放桥，当时以船15艘联结为之。至花桥，当时花桥下水半浅涸，为售马蹄的墟市。过花桥至七星岩，先到栖霞寺，稍息，向导已在七星岩洞口持火炬等待。当时的七星岩游览如他们所记载：“先以二人肩糠屑洒道，以减其滑，同仁以六人为一组，每组先以一炬鱼贯而入，有杖者、雨伞者、电筒者，咸自携，屏气数息,心手足相应,而目则凝注,但闻导者口不绝声曰此象也、此狮也、此布袋和尚也、此老人烧香也、此八仙过海也、此石莲花与倒垂杨也,谛视之,有类有不类,亦有附会极可笑者。如是或升或降或左或右喘汗方盛而陡见微明,已于别一门出洞外矣,计约费半小时。”从七星岩出来后,到月牙山,午餐品尝了月牙山老僧烹制的豆腐,“味果殊绝”。饭后去了伏波山,下午参加欢迎会后赴良丰花园。

良丰花园即今雁山园。民国时期,雁山园是众多游桂文人墨客的必游之地。何故?一者因为它是著名的园林,二者因为广西省立师范专科学校和广西大学先后在那儿办学。不过,五五旅行团参观雁山园的时候,广西省立师专和广西大学都还未曾在那儿办学,但此园仍然引起了他们的重视,不妨看看他们对此园的评价:

> 园为前清末唐子实所建,其后人以赠岑西林,岑又以归公,今为公园,去城凡四十余里,雨后道泞,加以路狭,同人乘公共汽车二以往,颇感颠顿也。园周约十里,山水悉围于内,其结构颇似颐和园,而突泉一曲,喷云掩雪,势如怒潮,则瓮山之所无也。亭馆失修,而建筑之精,犹隐约可见,诚非大力者不办。若依其遗构加以经营,足为八桂之冠。

“若依其遗构加以经营,足为八桂之冠。”这是民国年间精英游客对雁山园的评价,此话放在今天,似乎仍然适用。

今天仍然适用的还有五五旅行团对桂林的评价:“昔时桂林本为全省文化中心,人文称盛,今亦颇觉寥落,当局及各界近极欲以桂林为文化区及游览区,以桂林之历史及地理言,当然有此资格。但如何实现,自尚须有甚大之努力,尤须有若干时环境不生波动,方可令设计得收效果。”

五五旅行团在如今的桂林市区游览了两天,其体会是:“桂林山水之胜,目不暇给。此行以二日之力又分于应酬,所得殆不及十之一。如尧山、龙隐岩、刘仙岩、元岩、华景洞等,均不及往观,此外所到之处,皆仅得大概,未能穷其胜致。又诸种碑刻,尤以不克搜访为憾。深冀异时重到,以较从容之日力,寻幽选胜,俾免山灵笑人也。”

观五五旅行团的桂林之游,正好是如今政府所大力提倡的文化旅游。不过,文化旅游对旅游者自身的素质有很高的要求。五五旅行团皆为当时的文化精英,正是文化旅游的最佳人选。如今中国旅游进入了大众旅游时代,欲抵达文化旅游的境界,或许还需要等待大众的文化素质有一个很大的提高。

5 月 13 日,五五旅行团乘船离开桂林开往阳朔。船开未几,第一个景点即象鼻山,接着是斗鸡台,中午抵达画山,下午 3 时到达兴坪,7 时到达阳朔。这意味着他们的桂林市区之行已经结束。

西南抗战的门户城市

民国年间,中国的文化中心是上海和北平。上海云集了中国众多著名的传媒,北平拥有中国最重要的大学。上海与北平共同上演了中国民国时期文化的"双城记"。

1931 年 9 月 18 日,九一八事变,中国抗日战争开始。

1937 年 7 月 29 日,北平沦陷,第二天,天津沦陷。

1937 年 8 月 2 日,蒋介石在庐山发表谈话:"平津失陷为战争开始,为奇耻大辱,绝无与敌谈和余地。"

1937 年 8 月 13 日,日军进攻上海,淞沪战争爆发。11 月 11 日,中国军队在上海抗击日军 90 天之后,终告失败,上海沦陷。

1937 年 12 月 14 日,南京保卫战以中国军队的失败告终,中华民国首都南京沦陷。

平津沦陷以后,中国开始了历史上第四次南渡。沪宁沦陷之后,中国开始了历史上罕见的西迁。

在南京沦陷之后的短暂时间里，国民政府迁至武汉，武汉成为中国政治、军事、文化的中心。

1938 年 10 月 21 日，中国军队撤出广州，广州沦陷。

1938 年 10 月 26 日，日军占领武汉三镇，武汉沦陷。

广州为华南重镇，武汉为华中重镇。广州、武汉相继沦陷之后，大批中国文化人继续向西、向南流亡。

重庆、昆明、桂林是中国西南重要的三座城市。

从地理上看，桂林居于广州、长沙、南宁、贵阳的中心，联结了华南与西南，辐射了东南亚和整个西南大后方，是中国西南大后方抗战的门户城市，中国与海外联络的枢纽城市。

作为中国西南抗战的门户城市，桂林直接承接来自武汉、广州的流亡者。他们或者居留桂林，即便不居留桂林而奔赴重庆、昆明，也多半要经过桂林。

所有这些流亡的中国文化人对桂林绝不陌生。不仅是因为桂林山水，而是因为半年前，中国取得台儿庄战役的胜利。据白崇禧回忆，捷报传出，武汉居民特举行大游行以示庆祝，游行队伍中高举李宗仁与白崇禧之巨幅相片作为先导。所有人都知道，李宗仁、白崇禧是桂林人。

这是中国历史上又一次南渡西迁，这次南渡西迁的一个重要的目标城市就是桂林。

如果说 1938 年以前的桂林文化活动更具广西本土的色彩，那么，自 1938 年开始，随着战争的不断扩大，大量具有全国影响力的文化人和文化机构涌进桂林，桂林作为全国抗战文化中心的地位凸显。

中华职业教育社是著名教育家黄炎培 1917 年在上海发起成立的教育社团,是中国职业教育的开拓者,更是一个重要的知识分子群体。淞沪会战期间,黄炎培被上海各界推选为上海市抗敌后援会主席团主席,职教社在上海战役中募捐筹饷、组织运输、救护伤兵、修筑工事、救济难民、迁移工厂,为抗敌做了大量工作。在上海沦陷前五天,黄炎培离开上海,经武汉、长沙于 1937 年底到达桂林,1938 年 1 月在桂林成立了中华职业教育社桂林办事处,1938 年 9 月,经黄炎培提议,中华职业教育社把总社办事处落户桂林。

无锡国专(无锡国学专修学校)是民国时期名满全国的一所私立国学专科学校,其创办于 1920 年,1928 年经国民政府教育部批准,成为全国唯一正式立案的国学专修学校,也是全国唯一一所以国学为专科的高等学校。淞沪会战期间,无锡国专初迁长沙,再迁湘乡,均觉不适办学,于 1938 年 2 月在校长唐文治的率领下迁至桂林,先后在正阳街 17 号和环湖路 18 号租房办学。

商务印书馆 1897 年创办于上海,是中国历史最悠久的出版社。1921 年商务印书馆即在桂林开设分馆,1935 年迁至梧州。1938 年梧州分馆被日军飞机炸毁,商务印书馆支馆于 1938 年 7 月在桂林重新开业。

中华书局于 1912 年由陆费逵创办于上海。1937 年冬中华书局在桂林设立支局,局址在桂西路 52 号。1938 年 7 月,中华书局桂林支局正式营业。

生活书店1932年7月创立于上海,是邹韬奋在《生活》周刊社书报代办部的基础上建立起来的。1937年七七事变爆发后,生活书店决定迅速在各省市重要城镇建立分支店,尽可能深入内地和邻近战区地带,以便普遍供应人民迫切需要的精神文化食粮。1938年3月,生活书店桂林分店成立,在中南路租赁一座两开间两进的楼房为门市部。

读书生活出版社由李公朴、艾思奇、黄洛峰等人1936年创办于上海,1938年冬在桂林成立读书生活出版社分社,社址在桂西路阳家巷2号,后在桂西路17号设立门市部。

新知书店由钱俊瑞于1935年创办于上海,抗战爆发后迁至武汉,1938年12月由武汉迁至桂林,店址在太平路18号,门市部在桂西路35号。

开明书店由章锡琛1926年在上海创办,是民国时期最具影响的出版社之一,淞沪会战期间毁于战火。1937年底开明书店桂林分店开业,店址设在环湖北路17号。

文化生活出版社1935年由巴金等人创办于上海,广州沦陷后,1938年10月,巴金在桂林创办文化生活出版社桂林分社。

商务印书馆、中华书局都是中国现代出版业的百年老店。生活书店、读书生活出版社和新知书店后来联合组建成为生活·读书·新知三联书店,与商务印书馆、中华书局同为当代中国最具影响力的出版社。开明书店民国时期影响力紧接商务印书馆和中华书局,是后来的中国青年出版社的前身。文化生活出版社是后来的上海文艺出版社的前身。这些出版社都是中国现代出版业的名牌出版社,它们都创办于中国现代出版中心上海,并都于 1938 年迁至桂林或在桂林创办分店。那个年代,出版社是仅次于大学的最能集聚文化人,又最具辐射力的文化机构。这些中国最重要的出版机构不约而同落户桂林,为桂林成为中国的抗战文化城奠定了坚实的基础。

戏剧城

桂林是广西的戏剧大市,曾获得过许多国家级戏剧大奖。2004 年山水实景演出《印象 · 刘三姐》的成功推出,就有专家提出桂林应该打造演艺之都的品牌。这个演艺之都指的是中国旅游演艺之都。人们没有想到的是,早在 70 年前,桂林已经成为中国抗战戏剧之城。

如果说当年书店在桂林文化城鳞次栉比,那么,戏院在桂林文化城则称得上星罗棋布。

据 1942 年出版的《桂林市指南》记载,1941 年,桂林有三个平剧(京剧)院、两个桂剧院、一个湘剧院和一个粤剧院,平均每天观众在两万人左右。“华灯初上,各院均满坑满谷,坐满了人们,观赏台上的艺事,以谋精神上的调剂。”其时,国民大戏院是居桂林营业之冠的剧院,台柱刘筱衡为南方四大名旦之一,老生郑亦秋、武生周瑞华、小丑筱玉楼俱为一时之选。正阳路的高升剧院由金素秋、徐敏初、冬梅岩、马志宝、金兰香等开演平剧(京剧),也有许多观众。广西剧场主要演出的是桂剧,桂剧实验剧团人才济济,夜明珠谢玉君、庆丰年玉盈秋、小金凤尹羲、小飞燕方昭媛为当时桂剧第一流人物。

其他还有三明戏院、桂林戏院、东旭戏院、百乐门剧场等。这些戏院各有所长,都有各自固定的观众。当时行家的说法是,"到桂林听戏,到国民看文戏,到三明看武戏"。

白先勇在小说《玉卿嫂》中曾提到高升戏院,说高升戏院在中山小学斜对面,虽然是小说家言,但他所说的方位与真实的高升戏院是完全对应的。白先勇生于 1937 年,曾经在中山小学念过书,是一个戏迷,许多桂戏的情节和演员的形象深深地印在他的脑海中。

我曾经查阅抗战时期桂林版《大公报》,每天头版都有大量戏剧广告,可见戏剧在桂林演出的频率有多高。比如,1942 年 5 月 25 日的《大公报》,就有高升大戏院最后一天演出《梁红玉》的广告。信手翻阅桂林版《大公报》,可以发现,当时的电影院不仅放映电影,而且演出话剧。1942 年 5 月,田汉、洪深、夏衍编剧,新中国剧社演出的《风雨归舟》,曹禺编剧、旅港剧人演出的《北京人》,曹禺编剧、国防艺术社演出的《原野》几部大戏就相继在大众影院演出。而在此之前的 4 月,桂林还上演过阳翰笙编剧、广西省立艺术馆话剧团演出的《天国春秋》和陈白尘编剧、新中国剧社演出的《大地同春》。当时的桂林,真正是好戏连台。

2014 年,广西师范大学推出由三台话剧组成的“新西南剧展”。在桂林省立艺术馆演出之前,我向各界人士派送赠票时,竟然多次听到这样的发问:“什么是话剧?”我本人早在 20 世纪 70 年代就看过不少话剧,还读过不少话剧剧本,因此,对我而言,话剧似乎是一个众人皆知的舞台艺术形式,后来以文学为专业,话剧更是我必须面对的一种文学体裁,但听到这样的发问还真不知应该怎样回答。后来推想,可能近二三十年,话剧已经逐渐从人们的日常生活中淡出,确有不少人不知话剧为何物了。这些不知话剧为何物的人完全无法想象,抗战期间的桂林,话剧曾经扮演了当时桂林精神文化生活的主角之一,仅据《桂林文化大事记》的极其不完全的统计,1937 年至 1944 年,桂林演出话剧剧目达 359 台,如果我们知道有些话剧演出的场次达到 20 场、30 场甚至更多,那么,我们就应该意识到,当时的桂林文化城,应该是日日有话剧,周周有新话剧。

人们很难想象,广西话剧的历史,恰恰是从广西师范大学开始。我曾在沉睡的故纸堆中读到一部 1941 年由广西省政府十年建设编纂委员会编印的《桂政纪实》。因岁月而漫漶不清的书页里有这样一段文字:“广西之戏剧活动,在话剧方面,最初以二十一年省立师范专科学校员生所组织之师专剧团为滥觞,导演为沈西苓,演出《怒吼吧,中国》、《巡按》二剧,由是社会对于新兴话剧乃有正确之认识;继复演出《父归》、《屏风后》二剧。后此则演剧团体逐渐增多。”这段文字说的正是话剧进入广西的历史。当时的省立师专正是今天的广西师范大学的前身。1932年成立的广西师范大学，招聘了一批来自上海的新文艺工作者，他们为桂剧故乡广西引进了现代话剧。如今，我们以话剧为核心的“新西南剧展”，正所谓以学术引领时尚，有意无意地衔接了一段广西戏剧史。

作为戏剧城的桂林文化城，演出的不仅有话剧，还有歌剧、舞剧、平剧（京剧）、桂剧、湘剧，此外，还有许多音乐会和歌舞表演。同样据不完全统计，1937年至1944年，桂林演出歌剧12出、舞剧2出、平剧（京剧）214出、桂剧74出、湘剧25出、粤剧62出、傀儡戏9出，这对于今天的桂林，乃至整个广西，不啻为天文数字。

当时演出的话剧中有许多是抗战题材，如《放下你的鞭子》《保卫卢沟桥》《八百壮士》《国家至上》《心防》《秋声赋》等。当然，除抗战题材剧之外，也有许多其他题材的话剧，如曹禺的《雷雨》《日出》《北京人》《原野》四大名剧，契诃夫的《求婚》、奥斯特洛夫斯基的《大雷雨》、托尔斯泰的《复活》、小仲马的《茶花女》等世界名剧都在桂林演出多场。值得一提的是，抗战期间曾经在重庆演出并引起广泛争议的陈铨话剧《野玫瑰》，抗战胜利以后，由广西大学青年剧社等剧社搬上了桂林的戏剧舞台。

桂林文化城的高潮是以戏剧展演为表现形式的，这就是西南第一届戏剧展览会。西南剧展从1944年2月15日开始至5月19日结束，持续了90多天。这90多天，据唐国英女士统计，共演出了话剧26出、桂剧8出、平剧（京剧）9出、歌剧1出，此外还有马戏、傀儡戏、魔术、活报剧和歌舞表演。西南剧展用戏剧的形式将中国人的抗敌意志发挥到一个极致，它既是桂林文化城的高潮，也是中国戏剧史的高峰，并因此永载史册。

雁山公园·广西师专

桂林文化城有许多“门”,我一直想找一扇便捷合理的“门”走进去,最后我选择的是雁山公园。

雁山公园是桂林去阳朔途中一座不引人注意的私家园林。此园有岭南名园之誉,深谙中国造园艺术,又天赋大自然的真山真水。园内北有乳钟山、南有方竹山。两山之间,碧云湖静泊园中。方竹山下有相思洞,另有相思江横贯园中。园中植物繁多,尤以雁山四宝著名,即丹桂、红豆、绿萼梅和方竹。岑春煊评价此园“山水纯乎于天,花树历久亦几于天,亭台之宜则称于天,耕则有田,渔则有池,为名园而想当时之盛也”。

此园最初是清代大岗埠官绅唐仁、唐岳父子的私家别墅,始建于1869年,后来为两广总督岑春煊所有,称西林别墅。1929年岑春煊将园子捐给广西省政府,因为此园坐落在雁山东面,遂名雁山公园。

1929年是桂系历史上非常戏剧化的一年。

1928年,桂系势力达到了它的巅峰状态。当时全国有六个政治分会,桂系控制了武汉、广州和北京三个分会,形成了加拿大学者戴安娜·拉里所谓的“桂系帝国”。然而,应了《桃花扇》中的那句台词:“其兴也勃焉,其亡也忽焉。”就在桂系从镇南关到山海关达到鼎盛的时候,因为湖南和湖北发生动荡,1929年3月,白崇禧被迫逃离北京,李济深在南京被捕,李济深、李宗仁、白崇禧所有职务被免,政治分会解散,桂系控制的湖南、湖北等地盘纷纷丢弃,粤军进攻广西,桂系领袖亡命海外。由南京政府任命的新的广西领导人俞作柏、李明瑞既无法驾驭广西局面,又与南京政府分道扬镳,给了李宗仁、黄绍竑、白崇禧重返广西的机会。1929年11月,桂系重新控制了广西。

经过这番大起大落,桂系痛定思痛,意识到以往失败的原因在于“团体没有政治基础”,“只靠军事取胜是一种错误”。同时,在“桂系帝国”最兴盛的时候,桂系已经感觉到人才的匮缺,如拉里所说:“桂系还几乎完全缺少行政管理的帮手。桂系当然愿意用能干的广西人来充实行政职位,但几乎找不到这样的人……”显而易见,人才成了桂系重新崛起的迫切需求。

为了夯实政治基础,集聚政治人才,1930年,桂系成立了秘密政治组织革命同志会。1931年6月,广州国民政府任命黄旭初为广西省政府主席,桂系正式进入“李宗仁、白崇禧、黄旭初”时代。1931年九一八事变,中国形势发生变化,桂系进入“建设广西,复兴中国”时期。

“李、白、黄”新桂系时代开启后一个重要举措，就是成立广西师范专科学校。1931年，广西师专的创办人李任仁专门就广西师专的创办发表了一篇文章《师范专科学校的使命——改造及发展乡村教育》，文中指出：“要改造它（指乡村教育），发展它，就要有人才，而且需要多量人才。”而在1932年10月12日的广西师范专科学校第一届学生开学暨校长就职典礼会上，李任仁再次表示，“着手农村建设，提高农村文化，领导农民作各方面的奋斗，这便是政府办师专的动机”。“政府创办师专，就是要着手改建农村的经济和政治。……为着改建农村，所以才造成改建农村的发动机——师专便是这座发动机。”

广西师专创办之初经历了一个周折，即校长人选的更换。1931年夏天，李任仁新任广西省教育厅长，即赴广州聘请中山大学教育系副教授、桂籍人唐现之回广西筹办广西师范专科学校。1932年初，唐现之回广西任师专筹备处主任，校址选在雁山公园。1932年7月，师专开始招生，9月上课。按惯例，筹备主任会转为校长。然而，开学一个多月，校长迟迟不见任命。直到1932年10月12日，李任仁终于来到广西师专召开开学典礼。与他一起同来的，是不久前还在上海工作的湖南人杨东莼。在开学典礼上，李任仁任命杨东莼为广西师专校长。

唐现之持“生产教育”理念，杨东莼持“政治教育”理念，广西师专的创办者和首任校长尽管教育理念完全不同，但有一点相同，就是要培养人才，这也是桂系创办广西师专的主要动机。然而，培养人才，首先需要的就是培养教育人才。因此，在唐现之筹办广西师专和杨东莼主政广西师专的两个阶段，都注重招聘教育人才。唐现之聘请了教教育心理和教育统计的陈子明、教教材教法的胡颜立、教行为心理学的冯克书、教文选的罗干青、教畜牧的莫甘霖、教园艺学的吕悠然、教生物的沈望之、教医药卫生的胡达人等专家学者。杨东莼聘请了教哲学的彭仲文、教政治经济学的杜敬斋、教农村经济的薛暮桥、教社会进化史的王伯达、教教育概论的金奎光、教文学概论的沈起予、教世界形势的朱笃一。杨东莼辞职后，陈此生担任广西师专教务长，聘请了陈望道、邓初民、马哲民、施复亮、杨潮、熊得山、夏征农、胡伊默、沈西苓等学者到师专任教。

雁山公园是桂林文化城的一扇门。不过，这扇门是因为雁山公园成为广西师专的创办校址才开启的。一所大学的成立，首先促成的就是一批人才的集聚。从广西师专的创办可以看到，1932年以后，一批当时中国的文化精英开始从全国各地走进桂林文化城，当然，需要说明的是，最初，他们是通过雁山公园·广西师专这扇门走进桂林文化城的。

寻找文化城留下的大学

1949年出版的第一部《桂林市年鉴》收录有《桂林光复特记》一文,文中称:

> 桂林光复后,据驻桂美新闻处发表言论称中国无任何一城较此次桂林所遭劫祸更甚者。……今日之桂林实已为一死城……日军横暴破坏之程度,甚于南京,可与考文特里,鹿特丹及里狄相比。

如此重创,为战后人们寻访文化城遗踪,造成了几乎无法克服的困难。

即便如此,多年来,当我进行桂林文化城研究时,我仍然固执地希望能找到那些继续存在着的文化城的余脉。

我想到的是大学。

当人们说到桂林文化城的时候，更喜欢说出版城、戏剧城，从来没有人说过大学城。

然而，当我们梳理广西现代高等教育史的时候，或许可以发现，广西现代高等教育最辉煌的时期，正是抗战桂林文化城时期。

1932 年，广西省立师范专科学校在数年前晚清重臣岑春煊赠送给广西省政府的雁山公园成立。广西省立师范专科学校，是桂林现代高等师范教育的开端。当时正值东北三省沦陷一年之后，全国抗战呼声连绵不断。新成立的广西省立师范专科学校，从外省引进了诸如杨东莼、薛暮桥、陈望道、马哲民、熊得山、夏征农、祝秀侠等一批名家大师，这其实也是现代哲学、现代法学、现代文学、现代戏剧、现代教育学、现代政治学、现代社会学、现代语言学进入广西的肇始。如今广西高等教育的人文社会科学，都可以从这里找到活水源头。

1936 年，广西省政府将邻近沿海的广西大学从梧州蝶山迁至桂林雁山，并将省立师范专科学校并为广西大学文法学院，广西大学从理、工、农三个学院扩充为理、工、农、医、文法五大学院，学校规模和学科内涵都得到极大的拓展。抗日战争开始八年之后，许多外省青年流亡桂林，广西大学的学生来源和师资来源急剧扩大，其原来的省立性质已经无法容纳广西大学的发展。1939 年 8 月 22 日，国民政府行政院第 420 次院会通过决议，将省立广西大学自本年下学期起改为国立广西大学；9 月 5 日，教育部颁发《广西省立广西大学改为国立广西大学办法》，任命马君武为国立广西大学校长；10 月 10 日，广西大学举行典礼，李宗仁、黄旭初、雷沛鸿等广西军政和教育行政首脑出席了大会。

1941 年，华盛顿大学心理学博士、西南联大教授、灵川人曾作忠应邀回桂林讲学。讲学之际，曾作忠向广西省政府建议，应利用文化人云集桂林的机会，创建本科性质的师范学院。广西省政府主席黄旭初采纳了曾作忠的建议，决定重建广西省立师范专科学校。1941 年 11 月，广西省立师范专科学校正式成立，以桂林六合路江苏省立教育学院旧址为校址，开设教育、史地、理化三科，曾作忠出任校长，林砺儒出任教务长。1942 年 4 月，广西师范专科学校与广西教育研究所合并，改称广西省立桂林师范学院，这是广西第一所本科高等师范学校，设教育、国文、史地、理化和英语五个系，还开办了附属中学。

1942 年 8 月 1 日，广西省立桂林师范学院升级为国立桂林师范学院。抗战时期全国共有 38 所国立大学和学院。广西大学和桂林师范学院名列其中。如今，73 所国家教育部直属高校，广西无一所高校名列其中；39 所国家“985”大学，广西高校同样榜上无名；116 所“211”大学，广西仅广西大学一所高校名列其中。抚今追昔，在感叹抗战时期广西为中国高等教育做出的巨大贡献时，也感喟当下广西高等教育的局面。

1934 年 11 月广西医学院成立于南宁，1940 年迁至桂林，以七星岩前的栖霞寺为院址。1942 年出版的《桂政纪实》记载：“该院学生，学风醇厚，勤于学业，教育部曾派督学视察，对于管教及教学实习设备等，颇为嘉许。”

广西大学是目前广西唯一进入“211 工程”的大学，广西省立师范专科学校和桂林师范学院皆为如今广西师范大学的前身。广西医学院是如今广西医科大学前身。广西大学的综合性大学规模，广西师范大学人文学科的底蕴，广西医科大学的专业品质，无不是在抗战时期所奠定。

1935 年底，画家徐悲鸿到广西从事美术创作，曾向广西省政府提出创办桂林美术学院。广西省政府采纳了他的建议，在独秀峰西面建成两层楼房，准备作为桂林美术学院的校址。1936 年 7 月，音乐家满谦子担任省教育厅艺术专科视察员，负责检查全省中小学音乐教育情况，发现当时桂林小学音乐、美术教师都不是专业出身，他认为，“为适应抗日宣传，造就小学音乐、美术师资人才”，成立专门的艺术师资培训机构显得异常重要和迫切。经过他与徐悲鸿先生的积极倡导、筹建，1938 年 1 月，借已经建成的桂林美术学院校舍，举办广西省会国民基础学校艺术师资训练班。

《桂政纪实》对这段历史有所记载：

> （民国）二十四年，广西即有筹设“美术学院”之动议；迨二十五年，省政府迁桂后，进行商讨，更为积极；二十六年，即于桂林中山公园内，建筑“美术学院”；虽因抗战军兴，未能按照原定计划全部完成，而鉴于抗战时期，需要艺术教育之迫切，乃利用其已成部分，对于艺术教育工作人员，施以进修之训练。二十七年，开办“省会国民基础学校

艺术师资训练班”及“中等学校艺术教师暑期讲习班”,以加强各级学校之艺术教育工作。二十八年,复筹设“音乐戏剧馆”,并继续办理“艺术师资训练班”。二十九年,以艺术教育原包括美术、音乐、戏剧三部分,不必分立,遂将音乐戏剧馆改组为“广西省立艺术馆”,其组织,分美术、音乐、戏剧三部,于是年三月成立,开始工作。

1941 年 8 月,画家龙月庐、张家瑶、关山月、林半觉、马万里、帅础坚、尹瘦石、阳太阳等十余人在桂林发起创办了私立桂林美术专科学校,该校设校董会,李济深任董事长。1942 年,学校迁入桂林定桂门陈文恭公祠堂,改名为私立桂林榕门美术专科学校,马万里出任校长。

1946 年 1 月,广西省政府将私立桂林榕门美专与艺术师资训练班合并为广西省立艺术专科学校,以艺术师资训练班所在地王城正阳楼为校址,马卫之、满谦子、阳太阳先后出任校长。广西省立艺术专科学校,即如今广西艺术学院的前身。

据王明光的论文,抗战期间的桂林文化城,还有私立西南商业专科学校,其成立于 1941 年,校址在丽泽门外九岗岭;还有桂林淮南俄文专修学校,成立于 1938 年,校址附设在东华门兰井巷一所小学内;还有初阳美术学院,1942 年夏成立,由著名画家阳太阳创办,院址设在建干路一座两层楼房里。可惜的是,这些大专院校如今皆已不存。

除这些广西本土大专院校之外,桂林文化城还有从江苏迁来的江苏教育学院和私立无锡国专。战后,这两所大学都迁回了江苏。

严格意义上,抗战时期在桂林创办的大学,如今尚留在桂林的,唯有广西师范大学硕果仅存。

抗战时期的“桂林三宝”

豆腐乳、辣椒酱、三花酒组成的“桂林三宝”命名何时定型？以我的孤陋寡闻，不得而知。

不过，可以知道的是，抗战时期，豆腐乳、辣椒酱、三花酒三种食品，在桂林已经鼎鼎有名。

在熊佛西的文章中，豆腐乳和三花酒已经进入了“桂林三宝”。熊氏对豆腐乳如此描述：

> 豆腐乳，更是名不虚传，非常细嫩、纯香，有一点儿辣味而不吃辣椒的人也能吃，是佐稀饭最好的妙品。近来有人以之代牛油佐面包吃，其实以热呵呵的烧饼抹上一层豆腐乳，亦必别有风味。以豆腐乳的卤水炖肉，其味更是鲜美无比。记得北平的山东馆，不管你饮酒或吃饭，堂倌必端上四碟小菜，其中必有一样是腐乳卤水浇嫩豆腐。可惜桂林的

饭馆没有这样菜；若有，其味必较北平的鲜美。据说桂林豆腐乳只有几家老铺子做得特别好，而尤以正阳路大华饭店斜对门的天一栈最著名。二十四年我游桂林，什么东西都没有带走，只带了一大坛豆腐乳回北平分赠各亲友，他们食后无不啧啧称为美味。

这段文字，不仅指出了豆腐乳的美味，更重要的，它教给了我们豆腐乳的吃法。我们通常吃豆腐乳，多是为佐米饭，更常见的是为佐粥，但熊佛西告诉我们豆腐乳的代牛油作用，可见豆腐乳不仅可佐米食，而且可佐面食。这实际是因为抗战时期大批北方人流亡桂林，他们习食面食，因此拓展了豆腐乳的佐餐范围。熊佛西介绍的豆腐乳卤水炖肉，告诉了我们豆腐乳佐餐之外作为烹饪调料的功能。确实，桂林菜中的荔浦芋扣肉和炒空心菜，豆腐乳几乎成为必放不可的配料。此外，熊佛西提到北平山东馆的腐乳卤水浇嫩豆腐，这道菜似乎如今的桂林已有餐馆制作。

关于三花酒，熊佛西亦有介绍：

三花酒，我因不善饮，故不辨其好处，但偶一试饮，亦颇觉清香适口，然较之贵州之茅台，四川之大曲，山西之汾酒，似有逊色。然“三花”之名却极美，不知此名由何而来，我曾问及熟悉此道的朋友，他们说酒从壶内倾入杯中时，杯面必浮起数点酒花(其实是酒的泡沫)。大约三花郎指此而言。此外，我想一定还有别的来历，但我敢保证此名与一般时髦妇女用的“三花粉”或“三花口红”决无关也。据朋友说：三花酒有一特点，即其原料是米，而不像其他白酒大都以麦制成。

熊佛西这段文字，应该说是对三花酒比较客观的点评，其中强调了三花酒与大多数白酒的区别，即其原料是米非麦。这段文字的有趣之处在于为我们保留了一段70多年前的人文记忆，原来那时候还有两款时髦女性化妆用品使用了“三花”这个名字。看来“三花”在当时是个相当“艳情”的名字，以至于熊佛西专门强调三花酒的名字与那两款化妆用品无关。

熊佛西不懂酒，所以，他对三花酒的点评只能依靠客观。不过，当时桂林《大公报》的总编辑徐铸成，却是好饮者。1942年，香港沦陷后，徐铸成到了桂林，住在如今东环路上星子岩附近。他每周至少有两次要进城应酬，“我那时壮年好饮，香气扑鼻的三花美酒当前，更不能自制。所以每次进城有酬应，必醉至步履踉跄”。他在《报海旧闻·桂林杂忆》中专门记录了自己嗜饮三花酒的经历。那时候的徐铸成，喝过三花酒后，酩酊大醉，却仍能从城里步行过漓江，经六合圩、祝胜里到星子岩，衣鞋未脱即睡。深夜10点半，又被工友叫醒，一把热手巾恢复神志，又开始集中思想写《大公报》第二天见报的社评，审阅第二天见报的稿件。桂林三花酒，成为徐铸成旅居桂林近三年的重要饮品。

宋云彬曾留下过一册《桂林日记》，里面较详细地记录了他旅居桂林期间的所作所为，其中，有关三花酒的记录比比皆是。随手摘录下几条：

> 今日回寓特早，与陆凤翔等饮三花酒，下酒物为牛肉、花生。(1939 年 1 月 12 日)
>
> 晚七时，张铁生在南京饭店宴客，座皆熟人，谈笑甚欢，饮三花酒半斤，精神焕发，回寓与铁生等五六人谈狐说鬼，至十一时半方睡。(1939 年 1 月 16 日)
>
> 在桂南路西南饭店独饮，炒腰花一盆，三鲜汤一碗，三花酒六两，饭两盂，沙田柚一只，只费法币两元一角。(1939 年 1 月 21 日)
>
> 严长衍买来咸蟹带鱼，即在寓所晚餐，饮三花酒少许，九时半即睡。(1939 年 2 月 12 日)
>
> 访舒群，不遇。独赴长沙酒家小饮，三花酒甚清，羊肉面亦可口。(1939 年 2 月 16 日)

上面都是宋云彬日记中饮三花酒的记载，其中有独饮，有聚饮，有在饭店饮，有在寓所饮。一个月里，不完全统计，三花酒就喝了五次，多时一次达六两。可以看出宋云彬是好饮之士，对三花酒称得上情有独钟，抗战期间他在桂林旅居近六年，三花酒喝得多，文章写得更多，是《野草》杂志五位重要杂文家之一。他对三花酒的直接评价是“清”，饮三花酒的效果是精神焕发。三花酒给他带来了很好的睡眠质量，也激发了他的写作灵感。喝得好，睡得好，文章写得好，这是否是宋云彬的“桂林三好”？

值得注意的是，无论是熊佛西，还是叶圣陶，他们文章中所写的“桂林三宝”，桂林辣椒酱都没有被列入，这不禁让我产生疑问，是不是那时候桂林辣椒酱还没有建立起它的名声呢？

非也。

1942年11月出版、徐祝君编的《桂林市指南》专门用了不小的篇幅介绍桂林的辣椒酱：

> 广西人有许多是不吃辣椒的，桂南的人对于辣椒，颇不喜欢。可是桂北数县的同胞，便嗜辣椒。自然桂林人也是吃辣椒的：不过，桂林人之嗜辣椒，并不逢肴必椒，每菜必椒是仅仅以之佐膳而已。
>
> 而在桂林则另外有一种“辣椒酱”，它并不是怎样的特别，但它却有与其他别的“酱”不同之处的。桂林的辣椒酱，制法很简单。只要你具备了辣椒、蒜头、盐、豆豉……混和之后，用刀打烂，或以磨磨碎，便会变成了辣椒酱，可是却没有市上卖的味道爽口。
>
> 的确，桂林的辣椒酱诚然可口，略用筷夹一点，送进口里，只觉得既辣又香，其味津津。尤其值兹冬日菜肴旁边，置一酱一碟，以之裹菜，其味尤浓。一班川湘友人对于吃辣，大有经验，然对桂林辣椒酱，犹大加赞美，可知桂林辣椒酱味道的鲜美，和风味别具的一班！
>
> 桂林的辣椒酱，是以瓦斗子来盛装的，面覆红纸招牌，装潢别致，倒是送礼的佳品。在以前，只有“天一”的辣椒

酱，最享盛名，但现在市上已有许多装卖辣椒酱的了。

阅读此文，可知桂林人嗜辣以及桂林辣椒酱的声名在抗战时期已经广为人知。对吃辣大有经验的川湘人，仍然对桂林辣椒酱大加赞美，由此可见桂林辣椒酱的品质不俗。

1943 年 2 月出版的《万象》杂志刊登了一篇沈翔云所写的题为《桂林山水》的文章，也专门写到了桂林辣椒酱：

桂林人喜欢吃辣，辣椒为佐膳的必需品，不可一日无此君，否则虽山珍海错，亦难下咽。因此不论酒馆饭店或家庭中，常年做有一种“蒜蓉豆豉辣椒”，以备不时之需。

两段文字都谈到桂林辣椒酱的内容特色是“蒜蓉豆豉辣椒”。我上大学期间，曾与几位北京的广西籍军人来往甚密，他们也强调桂林辣椒酱的特色是加入了蒜蓉。可见大半个世纪以来，桂林辣椒酱的特色不仅鲜明，而且稳定。

那么，桂林人嗜好吃辣，桂林辣椒酱又如此著名，何以抗战时期桂林辣椒酱未能列入“桂林三宝”？

在我看来，原因在于，虽然桂林人嗜好吃辣，但抗战时期生活在桂林的许多人并不嗜好吃辣，甚至还害怕吃辣。“桂林三宝”，很有可能是外省籍人士对桂林特产的命名。豆腐乳和三花酒，可接受的范围显然高过辣椒酱，因此，它们有机会名列“桂林三宝”。抗战时期，“桂林三宝”有多种版本，马蹄、月牙山豆腐、小金凤、七星岩也曾名列其中，那是“桂林三宝”的“战国时代”。何种特产入选，当与命名者的生理和心理需求有关。战争年代，桂林城所住人口百分之八十来自外省，他们许多人经济拮据、心理焦虑。豆腐乳作为佐餐佳品，经济实惠，能最大限度满足普通人的温饱要求。三花酒作为桂林当地名酒，成为那个年代好饮者最常饮的酒，足以安抚饮者逃亡的忧愁。此两样特产，名列“桂林三宝”，可谓其来有自。而“桂林三宝”的名声，也随着当年曾旅居桂林或途经桂林的数百万人口的足迹，传遍了中国大地。

从上面的引用文字，我们可以发现，抗战时期桂林的豆腐乳和辣椒酱，已经有了权威品牌，即天一栈豆腐乳和天一栈辣椒酱。可惜，天一栈这家商店和品牌终究风流云散。

1949 年以后的很长时间里，桂林豆腐乳、辣椒酱和三花酒的生产进入了垄断状态。“桂林三宝”的江湖时代结束，庙堂时代来临。凭借这种大一统的局面，豆腐乳、辣椒酱、三花酒组成的“桂林三宝”得以定型。1978 年以后，随着市场经济的实行，桂林旅游热的勃兴，“桂林三宝”借着旅游者的口碑和脚步，传播到更广阔的区域。

抗战时期的“桂林三宝”与今天的“桂林三宝”究竟有什么不同？这个似乎多余的问题还是有值得玩味的答案。抗战时期的“桂林三宝”，是许多丧失家园、流离失所的中国人的生活必需和内心安慰，饱蕴了这些颠沛流离者的情感记忆。今天的“桂林三宝”，虽然也还能被许多桂林本地人所喜爱，但对于每年数千万的桂林旅游者来说，它们更多是一种可有可无的旅游纪念品，是这些旅游者曾经到桂林一游的食品见证。

正宗的桂林米粉

如今人们都喜欢说正宗的桂林米粉。我生在桂林，长在桂林，工作在桂林，从童年时代就开始吃米粉，也有几十年的光阴，说实在的，如果有人问我什么是正宗的桂林米粉，我也说不出个所以然。

绝大多数人都认为卤菜粉是正宗的桂林米粉，但如果根据我少年时代的经验，似乎并非如此。

我们不能根据个人的经验来命名正宗，不妨到文献里查阅一下，看看抗战时期文献中记载的桂林米粉。

米粉曾经是“桂林三宝”之一。在我接触到的抗战时期的多篇涉及“桂林三宝”的文章中，有两篇文章将米粉列入了“桂林三宝”。一篇文章的作者姓吴名瑜，另一篇干脆没有署名，是某刊物的补白文章。

吴瑜是这样写桂林米粉的：

米粉则又粗又肥，全无“细小文弱”的模样，吃起来却十分可口。每当秋风瑟瑟，木叶萧萧的秋凉时节，“马肉米粉”便上市了。那种“马肉米粉”，桂林视为美味，一个小得难以形容的碗子，里面盛着十几条米粉，几粒葱花，几片腊马肉，热腾腾地端了上来，一碗接着一碗，如果顾客不声“不要了！”店伙决不自动停止，有的老顾客，竟能一吃五十碗，也可说是奇观了。

这里吴瑜主要写的是马肉米粉。1942 年出版的《桂林市指南》也专门有关于马肉米粉的描述：

“马肉米粉”，许是桂林的特产吧？它是在每一年的冬季，方才出在市上的，它和别的米粉不同，是用很小的碗来盛的。在以前仅仅是几个湖南大铜元一碗而已，但现在可要国币四毛，吃马肉米粉须要趁热，越热便越爽口。倘若是腊过的马肉，那么其味更是无穷。不过这种味道，如果你不和老板谈得来，那是很难尝得到的。

我相信米粉许多地方都有，但诚如上文所说，马肉米粉或许是桂林的特产。许多经历过抗战时期的老桂林人都对马肉米粉记忆犹新，而且还津津乐道。但余生也晚，整个童年、少年时代我都没有听说更没有见过马肉米粉。直到 20 世纪 80 年代后期，我才听说马肉米粉。20世纪90年代以后，马肉米粉在桂林重新出现，但显然盛况已经不再。

虽然许多人喜欢将马肉米粉“神化”，但我更乐于与大家分享一些平实的声音。比如，熊佛西在他的文章里是这样描写马肉米粉的：“此间闻名的马肉米粉我倒觉得其味平平，不过其吃法颇特别：小碗里放着稀稀的几根米粉，清汤中放着两片薄薄的马肉，一点葱花，少许胡椒，一角五分钱一碗，一人有时可以吃三四十碗。”

从熊佛西这段文字，我们可以看出，马肉米粉在当年的桂林确实有许多拥趸，但萝卜青菜，各有所爱，熊佛西本人就不是马肉米粉的爱好者。

那么，熊佛西喜欢的是什么样的桂林米粉呢？他认为桂林的米粉堪与贵阳的肠肝粉媲美，但他最喜欢新华戏院隔壁又益谦的牛肉汤粉，真是鲜美绝伦！他用的就是“鲜美绝伦”这个词。

注意，熊佛西这里说到的米粉是牛肉汤粉，不是我们现在最普及的卤菜粉，也不是如今次普及的猪肉汤粉。

当时的桂林米粉的确品种繁多。沈翔云的《桂林山水》一文中如此写道：

> 当地唯一的点心就是“米粉”，米粉是米浆蒸熟，榨成筷子粗一般的条状，于是放些卤味、卤汁、熟油、炸豆子和辣椒，就可以吃了。米粉有普通米粉和马肉米粉两种，普通米

粉的配菜是猪肉牛肉或猪牛的肝肚之类，一年四季，从早到晚都有卖。有米粉馆，还有流动的米粉担子，花两毛钱就可以买一碗来果腹了。马肉米粉在秋天以后才有卖，纯粹用马肉或马肝马肚来做配料，吃法很特别，盛马肉米粉的碗只有茶杯一样大，一碗米粉两口就光了。当你吃完一碗之后，接着就马上送来一碗，不停地吃，也就不停地送着，直到吃饱了关照不要才停止。最有趣的是一面吃桌上的空碗一面增加高度，食后依碗数结账，普通五分一碗，一人吃二三十碗不足为奇。相反地，若是怕难为情只吃三五碗，也许有人笑你是洋盘呢。

事实上，抗战时期的桂林米粉堪称百花齐放，《桂林市指南》如此写道："米粉的种类，可多着呢，有牛肉的、猪肉的、牛腩的，但不管是哪一种米粉，因为卤水好的原因没有一种不是颇为可口的。"

又是马肉米粉，又是牛肉汤粉，还有猪肉米粉、牛腩米粉和猪牛的肝肚之类的米粉，甚至还有狗肉米粉，《桂林市指南》如此说："还有一种'狗肉米粉'，现因严禁屠狗，市上已绝迹。不过要是你有运气的话，在城郊或是附近的圩场上，还可以尝到一点。"如此看来，当年桂林米粉包容性是很强的。

那么，究竟什么是正宗的桂林米粉呢？

也许，所谓正宗的桂林米粉，不在于配菜是猪肉还是牛肉或者马肉，不在于是鲜肉还是卤菜或者腊肉，而在于米粉本身的品质和米粉卤水的特点。米粉本身的品质和米粉卤水的特点，才是桂林米粉的核心竞争力。对此，不少文章有涉及，就像《桂林市指南》所说：

> “桂林米粉”是负盛名的，只要是踏进过桂林的人，没有不要尝尝桂林的米粉，在本省邕、柳、梧等地，虽然有桂林米粉可吃，但却没有桂林的□地米粉这样的滋美味道，桂林的米粉，最要的是在它的米粉线条的细软韧适，其次便是“鲁水”，鲁水是造成米粉味美的最要物质，当尝卤水时，香料和盐味要配合得宜，否则便使味道失之过苦，或是咸淡失调，这样加进米粉里便觉得“味同嚼蜡”了，可是桂林的米粉，无论是那一间米粉店，或者是设摊租摆卖的，其卤水都是特别的味美。一碗米粉在手，把粉条夹进口里，便觉得不油不腻，不硬不软，一口味爽，满颊生香，这实在是桂林米粉所以驰名遐迩的原因。

可以肯定的是，当年桂林米粉已经极负盛名，人们不仅在桂林吃米粉，而且在广西其他城市如南宁、柳州、梧州也能吃到桂林米粉。就像今天，人们可以在北京、深圳、上海，甚至在美国吃到桂林米粉。当然，或许只有在桂林才能吃到所谓正宗的本色的桂林米粉，这一点很容易为今天的桂林人所认同。不过，岁月流光，有些风景已然不在，比如说当年桂林人一次吃三五十碗马肉米粉的豪放；还比如熊佛西笔下桂林米粉担子铺陈的风光：

桂林的米粉担子特别多，几乎到处都是，假使你在晴天的夜晚到中正桥巡礼一趟，你必发见桥头马路旁边尽陈列着米粉担子或果摊，每个担子上挂着一盏油灯，远远地望去非常美观。

文化城的桂林菜

随着经济水平的提高,旅游日益成为中国人生活的新常态。

桂林作为国际旅游胜地,自然是中外旅游者心驰神往的旅游目的地。

旅游者到桂林后,希望住得好一点,吃得有特色一点。于是,许多餐馆为了满足旅游者的需求,推出所谓的桂林菜。

鲁菜、川菜、粤菜、苏菜、浙菜、闽菜、湘菜、徽菜,被称为中国八大菜系。八大菜系的名气太大,稍有些饮食经验的中国人,都会有一点这些菜系的知识。除此之外,以东北菜命名的餐饮也不少。相对而言,广西菜、桂林菜,似乎名不见经传。

什么叫桂林菜?我在桂林城区生活了数十年,还真无法回答这个问题。搜索童年的记忆,我觉得,荔浦芋扣肉应该是很有桂林特色的。因为荔浦芋是桂林特产,其他地方没有,这个菜肯定是桂林传统菜。另外,据说白果炖老鸭也是桂林菜,以我有限的外地生活经验,似乎没有吃过这道菜。还有苦瓜酿肉、香菇酿肉、油豆腐圆子,这些菜在桂林常见。我不知道油豆腐圆子是不是桂林特有,但我以为,油豆腐圆子中的马蹄肯定是桂林一绝。马蹄也曾是“桂林三宝”之一。此外,酸豆角炒干鱼,这个菜很有桂林特色。据说还有蓑衣蛋、发菜丸子。其他呢?我就说不出什么了。

仅仅有几道特色菜是无法称菜系的。菜系,顾名思义,是某个地方菜的体系,它不仅需要丰富的地方食材作为物质基础,而且还需要深厚的地方文化作为精神底蕴。所以,要推出某种菜系,不仅是厨师的事业,也是文化人的事业,必须有博大精深的物质文化和精神文化做支撑。

有趣的是,在1942年11月初版,徐祝君编的《桂林市指南》一书中,我读到了一篇题为《桂林菜》的文章。

文章开门见山,第一句就是:“桂林治筵驰名甚远。”

我孤陋寡闻,从来不知道“桂林治筵驰名甚远”。仔细阅读文章,觉得作者并非夸大其词,而是依凭实据。文章紧接着写道:“清季,桂抚张鸣岐,曾举行沪浙粤桂厨司会考,桂厨得第一名。”

虽然这个会考并非国考,只是地方考试,但桂厨能够获得第一名,实不容易。不过,更宝贵的是,这个关于桂林菜的记述,不仅提到了桂厨获得第一名的故事,而且提供了一二个“桂厨所治办之特色菜目”。我想,这个特色菜目一定能够让喜欢桂林菜的人们感兴趣,谨摘录如下:

一胎三命 海内捞月 龙穿凤衣 雪冻凤凰 金筒玉管 蜘蛛抱蛋

菜合古人名目者:

孔明鸭 东坡肉 宫保鸡 太师肘 神仙鱼 寿星羹

菜合花草名目者:

石榴楼鸡 菊花鱼肚 枝肚 雪梨肉 芙蓉翅 莲蓬蛋

菜合禽兽名目者:

虎皮鸽旦 象牙发菜 狮头大丸 金凤鱼翅 鸳鸯子鸡 銮凤楼窝

菜合宝玉名目者:

水晶鸡 玛瑙参 玻璃虾 珍珠圆 金银蹄 金牙菜

菜合五行名者:

东坡肉 南乳鸡 西湖鱼 北饽饽 中条面

菜合五色名目者:

青竹笙 黄鱼头 红心蛋 绿牙菜 白木耳

菜合四季名目者:

春芽 夏莲 秋鱼 冬笋

菜合酸、甜、苦、辣、咸、淡名目者:

酸梅 甜酱 辣椒 苦瓜 咸蛋 淡菜(海味)

菜身自带颜色名目者:

清汤燕(白色) 海参(黑色) 炒虾仁(粉红色)

密炙腿(红色) 清鸽蛋(青色) 桶子鸡(黄色)

以上各菜均美观可口,此外若食"全牛"一席有菜三十二色,“全羊”一席有菜二十六色,“地羊”一席有菜十六件,此皆有菜。

这些菜名对我而言绝大多数都是陌生的,但我想,对桂林菜有所研究的人士看这个菜单,应该能够读出文字背后更多的意味。

记录这个菜单的作者是有文化自觉的,因为在这个菜单之后,该文最后一句话是这样写的:“可惜者,各厨司多因生活高昂,改行营生,将来桂菜将失传矣。”

我觉得上述桂林菜哪怕没有完全失传,至少大部分失传了。因为我去那些以桂林菜为特色的餐馆,印象中没有几道真正属于上面这些菜单中的菜。

《桂林市指南》一书中还有一篇题为《桂林的食》的文章,里面专门谈到桂林菜的口味:

桂林菜口味也不错,许多广东,江浙人也常喜欢进出桂林馆子,因为桂林馆子的菜肴除了川菜以外,没有比它再丰富踏实的了。味道也并不次于广东江浙菜,所以有几家桂林馆子如天然酒家、南强酒家、秀峰酒家都是常常容满。他们的茶房虽不善予招待,(这是他们朴实的习惯)但是他们不问客人索小账,很多人就喜欢这点洒脱。

如今桂林有一家“美丽川菜馆”,用的是抗战时期桂林一家餐馆的名字。虽然也算是老字号,1938 年开业的,但其特色不是桂林菜,而是川菜。当时桂林有两家川菜馆,一家是美丽川菜馆,另一家是嘉陵川菜厅,分别在桂西路和中北路。

上文中所说的天然酒家、南强酒家、秀峰酒家是以桂林菜为特色的餐馆。天然酒家在桂南路,桂南路大约就是如今的中山南路。秀峰酒家在依仁路,依仁路如今还保留。南强酒家在哪里?目前我还不知道。

上面的桂林菜单最后还写到桂林的“地羊席”,我印象中桂林话称狗肉为地羊肉,如果确实,那么,桂林吃狗肉就是有传统的,而且可以做出十六道菜的地羊宴席。

地羊席是不是狗肉席,可以存疑。但桂林人爱吃狗肉,肯定是事实。我曾经读过沈翔云写的《桂林山水》,此文发表于 1943 年 2 月出版的《万象》杂志,其中有一节标题为“衣食住行”,就提到桂林人喜欢吃狗肉。作者写道:“他们还爱吃狗肉马肉,秋冬两季,狗肉馆和马肉馆就应时而开,吃狗肉和马肉不但能御寒,还能滋补身体。可是吃了狗肉之后,切忌吃绿豆,以防狗肉变质,害及肠胃。吃了马肉之后,照例要吃些炒花生,能解热毒,这都是他们的民间常识。”

桂林三记

朱袭文先生告诉我，抗战胜利以后，他的叔叔、桂林才子朱荫龙曾以当时广西省政府主席黄旭初的名义撰写过桂林三记，分别为《重建广西省政府记》《重建八桂厅记》和《桂林光复记》。

《重建广西省政府记》很容易找，它刻成了石碑，镶嵌在当时广西省政府大门内东侧的墙壁上，至今尚在，全文如下：

重建广西省政府记

独秀为桂林主峰，群山环拱，形胜天然，其麓地势广垲，废殿三楹，石垣周缭，盖明靖江王故宫遗址。其地初为元顺帝潜邸。朱氏南藩始大其基。清康熙间夷为士子考校之场。民国肇造为议坛黉舍者有年。

国父孙公为大元帅时道桂。北伐实跸节于此。胜境高华，斯其尚矣。二十五年省治迁复自邕，相地宅都于焉。开府治具备粗倭熖，旋张桂邑屏障西南，蔚成重镇。四方赴义者相率来归。转输征募，庶事日繁。旧址不敷施设，乃稍稍扩治之。然寇毒远播，空袭频仍。亦未遑遽，图轮奂之观也。三十三年穐，三湘继陷，八桂骚然，省治西移，府邸遂与廛肆闾阎同成焦土秽芜。越岁，海宇澄清。三十四年九月始复还治于桂。适大乱初定，民困待苏，土木之兴，重虞负累。因即城南开元寺为治所。殆二载，兴复既启，相度攸方，乃遴寅僚组修建委员会，芟除废基，重修新邸，构图规画则委诸钱君乃仁。载经载营，凡十八阅而毕其事。时维三十七年元春初吉，旭初忝长是邦亦既十又七年于兹矣。揽新构之聿皇，冀前修之不远，爰稽往迹，式勒贞珉，必大必坚，企予来哲。

广西省政府主席黄旭初撰并书

朱荫龙是明朝桂林靖江王后裔，靖江王城是靖江王为桂林留下的重要文化遗产。广西省政府在原靖江王城兴建，朱荫龙的《重建广西省政府记》，免不了要介绍桂林靖江王城的变迁。当然，文章的重心仍然落在战后广西省政府的重建。我正是阅读这篇文章，始知如今广西师范大学王城校区的主体建筑，出自钱乃仁的设计。

《重建八桂厅记》当年也刻成了石碑，不知是否也是像《重建广西省政府记》一样镶嵌在八桂厅正门的墙壁上。

如今桂林有八桂大厦、八桂路，却无八桂厅。八桂厅究竟为何物呢？读赵平先生的《明清桂林的三大宪衙署》一文，可以对八桂厅略知一二。

原来，明代桂林有一个布政使司衙署，俗称藩台衙门（今工人文化宫所在地）。八桂厅就在这个藩台衙门的后面。赵平先生的文章对八桂厅的历史沿革有清晰的叙述：

藩台是管理一省财赋和吏治的衙署，建于明成化十年（1474）。正堂亦为五开间三进深，东西六房，诸进共计40间。客厅楹柱上，有藩使金德山一联，云：

坐此似同舟，官情彼此关休戚；

须臾参大府，公事何妨共酌商。

藩台后面有一座别致的花园，园中有康熙年间建的花神祠与花神墓，还有数百年的古槐。园中还有一座曲径通幽的八桂厅，厅前因种有苍翠清香的八株桂树而得名。

八桂厅一直是名人场所。时至民国初年，八桂厅曾是旧桂系头目陆荣廷来桂时的行辕，他在一张石桌上留刻了两首诗文。孙中山来桂誓师北伐时，又曾是蒋介石的住处，壬戌狗年的上元日这天，他特在厅前留影。抗战前夕，这里是新桂系首脑李宗仁的官邸。抗战期间，是广西建设研究会会址，更是全国名人荟萃之地。光复后，是广西文献委员会所在地。[1]

---

[1] 赵平：《明清桂林的三大宪衙署》，赵平：《桂林往事》，2007，大众文艺出版社。

1946年重建的八桂厅,应该就在如今解放东路南侧。20世纪后半叶,那里是桂林市工人文化宫。工人文化宫是一个占地数十亩的花园式庭院,包括礼堂、展览馆和池塘等。文化宫礼堂既可以开会,亦可以演出,还可以放电影,20世纪70年代,文化宫礼堂是桂林最重要的电影院之一。可惜,1999年的桂林市城市改造,整个文化宫庭院包括里面的主体建筑都被拆除了。

我曾经根据朱袭文先生的指引,到城市改造后的工人文化宫里面寻找那块刻有《重建八桂厅记》的石碑,但已不见踪影。直到2014年,我请教了多位对桂林石刻有研究的专家,最后在曾艳娟女士那里打听到了这块石碑的下落。《重建八桂厅记》石碑已经转移到了龙隐岩桂海碑林院内。

真是踏破铁鞋无觅处,得来全不费功夫。当时我立刻赶到桂海碑林,在博物馆年轻的研究人员鲍刚先生的帮助下,抄录了《重建八桂厅记》。全文如下:

重建八桂厅记

桂林廨署别筑之以八桂名者,不一其地;营建修葺,亦不一其时。大抵官斯土者,以桂地宜桂,相其所宜,从而培之,以遂其生生之理,欲兼树艺之术而通乎政术者之所为也。

宋绍圣间,刺叟程公初营于府治中,兴替不常,遗址向晦,迄于逊清,藩署园厅亦具是名,飞栋崇阶,规制弘嶝,而所谓八桂树者，获惜既周，历久迩盛，浸浸焉蔚为城中名迹矣。

中华民国二十五年秋，省会移桂，德邻李公欲集群隽以跻郅隆，因设广西建设研究会于其中，余与白公健生实赞翼之，至擘画会务，延揽人材，则李重毅、陈劭先二先生之力为多，方其盛岁，济济一堂，无殊稷下，卓谋谠论，颇出其中，如民主政治之说，均权制度之义，今日朝野上下方资之为号召者，斯会成立之初，即大声疾呼以为世倡。他所建白，咸得机先。言行不歧，事理兼顾，学风政习，一时为之丕变焉。

迨三十三年，倭骑南侵，桂林既芜，厅亦灰烬。昔之与会者疏散四方，余亦随府俱西，会务中缀。每有兴革，念及当年从容论讨之益，辄复怆然，而桂树之菀枯，存止尤营萦，莫释于怀也。比者海宇澄清，兴复肇始，斯会既以研究建设为职，允宜速复，以资共济，爰即劫后废基重营新构。所幸老干犹存，清芬未泯，欣欣之意，不异畴昔。工成之日，因仍以八桂厅名之，殆亦所谓此物此志而已。他日会事复张，来是间者，其体余所言，毋违于土性所宜，遏其生机，则八桂之日荣，固可以是厅重建之成也，而卜之矣。

中华民国三十五年二月二日
广西省政府主席黄旭初撰并书

于是，纪念抗战胜利的“桂林三记”，其中“两记”已经找到，剩下“一记”《桂林光复记》，根据朱袭文先生的说法，当年刻在桂林花桥东口的芙蓉石上,但在“文化大革命”期间,芙蓉石刻上了“毛泽东思想万岁”七个大字,原来的《桂林光复记》因此而被铲除。

许多桂林摩崖石刻有拓本,但《桂林光复记》似未有过拓本。朱袭文先生是朱荫龙特别喜爱的侄儿,他也不曾见过《桂林光复记》的纸质本。这真是一件憾事。桂林的沦陷和光复都是中国抗日战争历史上的大事,值得我们永远铭记。如今,我们可以在 1949 年出版、由桂林市文献委员会编印的《桂林市年鉴》里读到一篇《桂林光复特记》,但这篇文章显然与朱荫龙的《桂林光复记》不可同日而语。

文化城特产

如今说起桂林的土特产，可能最具特色的一是罗汉果，二是荔浦芋，三是沙田柚。

罗汉果之所以能够排名第一，首先是它的功用非常，价值极高；其次是它的产地几乎为桂林垄断。荔浦芋排名第二或许与电视剧《宰相刘罗锅》的普及推广有关，而且这种芋头直接以桂林地名命名，也形成了名称上的独一性。沙田柚本来并非桂林特产，但由于桂林阳朔、平乐等地大量种植，而且品质很高，大有超过原产地玉林容县沙田的意思，也属于桂林极负盛名的特产。

有趣的是，在我所阅读的抗战时期涉及桂林特产的出版物中，荔浦芋确实是桂林知名度极高的特产；罗汉果属于桂林物产，但知名度不高；沙田柚则未见提及。

罗汉果知名度不高，但并不等于不为人知。事实上，我曾在一幅民国《广西特产》的图表中看到，百寿县排名第一的特产即罗汉果。百寿即如今的永福。我还在1934年的《农村》杂志上读到一篇读者来信,来信作者署名"广西桂林谢天恩",来信主题为"罗汉果之功用及销路"。估计谢天恩就是永福人,他信中说:"敝处附近山地,多植茶油树及罗汉果,故每年出口物品,亦以此二者为大宗,维近数年内,该二物之收获,竟大为减少,因之农村经济,亦为之影响不少。"这段话证明当年罗汉果已经是永福重要的出口产品,但面临产量减少的问题。从他的信,我们还发现,当时罗汉果主要市场在广东:"罗汉果于成熟时,多为本地商贩入山收买,再运至桂林,售于粤籍商人。"用今天的眼光看,这位谢天恩可能是一个有开拓意识的人,他向《农村》杂志询问:"罗汉果有何功用,销路以何处为最多,上海有无销路?"《农村》杂志的回答是:"罗汉果在上海方面,除在国药铺里稍有需用外,差不多无人所知。"

今天我们说的桂林,是所谓大桂林概念,即包括了十一县六城区。永福、荔浦都是桂林下辖的县。但在1940年以前,桂林、百寿、荔浦都属于广西下辖的县级地区,即便1940年设桂林市之后,荔浦、百寿仍不属于桂林辖区。

不过,在1938年湘桂铁路开通以前,外省人到桂林通常是从广州到梧州,然后再柳州而荔浦而阳朔。如此,是先到荔浦后到桂林,乘车到荔浦免不了要吃个午饭,荔浦芋成为接待客人的本地名菜。随着旅桂客人的增多,荔浦芋自然名声大振,也颇得客人的好感,比如,邵雨湘《粤桂纪游》如此记录:

> 荔浦以产芋著名，芋大如江浙之马铃瓜，餐时以芋制肴，捣之切之，块之条之，方法不一，均松甜可口。

张谓文《桂游纪程》更是不吝赞美之辞：

> 荔浦以产芋著名，香糯适口，余在此进午餐，得尝真味。其芋特大，他处所售，类皆赝鼎，欲饱老饕，必亲至荔浦，始得之也。

从荔浦很快就到了阳朔，今天的阳朔特产有沙田柚、金桔、柿子、夏橙、椪柑，称得上果实累累，但抗战时期的阳朔，似乎没什么特别的物产。

从阳朔进入今天的桂林城区，有什么值得推崇的特产呢？

或许人们想不到，当时桂林最负盛名的特产竟然是马蹄，其学名荸荠，桂林话称之为菩荠。

今天我们有时也会吃到马蹄，也知道桂林马蹄不错，但我们想不到，抗战时期桂林马蹄竟然名声非同寻常。我曾多次读到一则故事，广西省立师范专科学校，也就是如今的广西师范大学成立之后，曾邀请鲁迅到学校任教还是开讲座，鲁迅虽然没有接受邀请，但在回函中有这样一句："桂林荸荠，亦早闻雷名，惜无福身临其境，一尝佳味，不得已，也只好以上海小马蹄代之耳……"

鲁迅为一代文豪，物以人贵，因鲁迅如此青睐桂林马蹄，桂林马蹄自然更是身价抬高。

如果说鲁迅对马蹄只是耳听,那么,那些到过桂林的游客对马蹄则可能眼见。我在许多桂林游记中都曾读到有关马蹄的文字,在大多数作者那里,马蹄是桂林首屈一指的特产,在《桂林三宝的N种说法》的小文中,我曾引用过两段描述桂林马蹄的文字,这里不妨再引用两段。

一段来自萧萧的《桂林风物琐记》:

> 桂林的特产,第一要算是荸荠。这荸荠的特色是:甜脆,细嫩,而多汁。
>
> 到了秋天,男男女女都要到"对河"花桥去尝新荸荠。不过初出土的味道并不见得好。若是用竹篮少量的制着,悬在当风的地方,十天半月之后,果皮微见皱纹,再取下来吃,其味有难言之妙。

第二段来自《广西特产》一文:

> 桂林县是清朝时代的广西首县,所产的马蹄,不但为广西冠,抑且可为全国冠,故桂林马蹄的大名,已普遍于全国和南洋各埠。其外体与通常的马蹄一样,肉质嫩滑而脆,色白中带青,糖质较多,水分充足,食之甜而爽口,又无余渣。故以之为炒鱼类之配料,更觉苏匀酬味。诚果类中的佳品也。

“桂林的特产，第一要算是马蹄。”“桂林所产的马蹄，不但为广西冠，抑且可为全国冠。”这两句话，可以算作抗战时期对桂林马蹄的权威评论。

1947年4月出版、广西省政府建设厅统计室编印的《广西经济建设手册》中有《广西省特产一览》，其中，兴安的第一特产为白果。我曾读到一篇王怀写于1932年的《兴安之特产》，文章说道：

> 白果，此物科名公孙树，盖取出植之，至孙出世，始克收果之意也。以其叶似鸭足之有蹼，故又名鸭脚树；以其核形似杏子，故又名银杏树；而本处居民，则以其核色灰白，而呼之为白果树焉。

爷爷栽种，孙子才能收获，可见白果生长期极长，产量极其有限。印象中在我的童年时代白果还是比较珍贵的物产，改革开放以后渐渐不那么珍贵了。说到白果的用途，文中还说道：

> 木材直而大，剖为板，可为各种器皿，色白而细，颇资美观，以之为箱笼，则轻而洁，且可防白蚁。其仁可食，能益阴补肾，且为待客之佳馔。唯未熟而食之，常酿抽筋病。其肉汁沾皮肤，则非一二星期后不能脱，脱则蜕皮，沾草木则草木死，色红黄，有溴气，疑为酸性化合物，可为工业品，惜乡人不知利用，多倾诸沟途，或檐下道旁！以其皮煎水，可医

> 乳猪水泻病。
>
> 每年至立秋后，则将果实去其肉而取其核，晒干之，然后运往大圩，再由粤商转运至广州香港等处出售，唯不知其用途。每担可获价二十元左右，若非奸商操纵，或可值五六十元云。

《广西省特产一览》中，全县（今全州）特产为百合，兴安为白果和明笋，龙胜为玉兰片和辣椒，义宁（今临桂）为冬笋和棕皮，灌阳为枣和梨，百寿为罗汉果、天花粉和竹纸，恭城为棉和瓜子。

另外，在张先辰的《广西经济地理》一书中，我们还知道桂林还有两种今天极少有人提到的特产，那就是茶垌茶和六垌茶，《广西经济地理》一书是这样记录的：

> 茶峒茶产于临桂百寿两县交界处之山地中。产区范围包括临桂之茶岭乡，山口乡，及百寿之西西河乡，保安乡各一部分。茶区概为山地，茶农种茶，除就已垦熟地栽种之外，须先行垦地。茶在初种数年株叶矮小，茶农往往于株行间间种杂粮，以供食用。茶树长成后，可继续收采三四十年。茶叶每年仅在谷雨前后采撷一次，采茶时间约为半月，工作极为急迫，茶农家庭往往入手不敷，必须临时雇人工作。在民十以前，每届采茶季节，区外男女受雇入山采茶者，动以千计。目前茶业衰落，茶林渐减，大抵仅就区内雇

用，区外入山者日少。

此区茶叶分粗细两种。细茶品质较佳，最上等者称白毛尖，次等者称条茶。细茶之产量不多。输出者大抵系一种粗茶。此项输出之粗茶，亦分上中下三等。上等系真茶，纯粹为嫩叶所制。中等亦为真茶，中掺一部分之老叶。下等为假茶，其中真茶仅占十分之一，假茶反占十分之九。假茶系以类似茶叶之野树叶炒制伪充。

全区茶叶以茶峒为集散地。大抵各地茶农以定买，预卖，或现交三种方式售与各地茶贩。茶贩收集茶叶后，加以复炒，再行掺假，踩装成篓，集中茶峒出售。出货分门庄汉庄两种。门庄系上等真茶，汉庄则为掺假之下等茶。每年由湘赣茶商至茶峒收买，经两江运桂林，转运湘南销售，其中亦有销至江西吉安及汉口者，销汉之茶，即称汉庄，系在汉制成砖茶运销国外。

茶峒茶产量以在清季最多，光绪末年达二万余担，自民元至民十五间，每年尚维持一万担左右。近年以来，一落千丈，年产仅二千担上下而已。

六峒位于兴安大溶江上游，所产之茶名六峒茶，亦系一种粗茶，品质尚佳，盛时产量达数千担，销行湘南各县，颇负盛名。

十多年前我参加《桂林日报》“走漓江”活动时，曾途经六垌，听说六垌茶曾作为贡品，也不知是真是假。这些年来，我所知道的广西名茶有六堡茶、金花茶、凌云白毫茶。广西有较好的生态环境,应该是产好茶的地方。不知茶垌和六垌是否还有产好茶的生态环境和制好茶的技术工艺。茶垌茶和六垌茶是否还能够重振雄风,成为桂林特产,成为广西名茶甚至中国名茶?

曾经的“东方巴黎”

20世纪曾经有过这样一种说法，说桂林像是一个天生丽质的姑娘穿着一身破旧不堪的衣裳。

1998年，桂林开始了1949年以后史无前例的大建设，桂林城区算是披上了一件新衣裳。不过，衣服新是新了，品位却不敢恭维。

回想起来，原来的桂林城区，破旧是破旧，但不少地方还是蛮有品位的。比如，我童年时代生活在解放西路中段南侧的府后里，当时叫“灭资巷”，就是一条典型的青石板路桂林小巷。府后里是南北走向的，其西侧，有一条小巷，称小井巷。之所以称小井巷，是因为当时巷子里有一口水井，每天都有人在井边洗衣、洗菜，或打水回家，那是巷子里最热闹的地方。府后里中段东侧，也有一条小巷，称斗姆巷，在斗姆巷里拐个弯，可以走到中山中路。

府后里的北端是解放西路，南端是三多路。这条小巷的两侧，排列着不整齐不规则的住房，许多住房是破旧的，但也有一些住房是庭院式的建筑。

比如，我所住的我外祖母家，就有一个庭院。它在府后里中段西侧，一个两扇式大门，木制的，门朝东开；进门，是一个类似天井的空间，然后是一座木结构的两层楼房；穿过这座楼房，是一个后花园。这座两层的楼房，应该是这个庭院里的主体建筑，一楼有五间房，我外祖母和我曾外祖母各住一间，我大舅和小舅各住一间，还有一间是当时红星门诊部（即如今口腔医院）的一名医生一家人居住。二楼有几间房，住的什么人，我已经不记得了。

大门右侧是厨房。类似天井的空间，各有两间房，分别住了两家人，好像是临时搭建的砖房。

楼房的西面，是一个后花园。后花园有一棵大树，叫麻叶树，印象中还有柑子树。后来，由于我二舅家里人口增多，在后花园里盖了一间房子，柑子树就没有了。

当时，像我外祖母家这样的庭院，府后里还有好几个。比如，我外祖母家对面，是一个更大的宅院，高门高墙，而且是青砖墙、青砖房。我完全不记得里面住的什么人，只记得是一座坚固高大的宅院。

斗姆巷中段，也有一个庭院，里面有洋房、花园、水池，只住了一家人，姓王，孩子叫王国秋，是我的小学和中学同学。一家人住那么大的一个院子，确实少有，我们有时候也去他家玩，印象中他家里人口并不多。

如今，府后里、小井巷、斗姆巷名还在，实不存，它们都在微笑堂的西侧，拥挤在各种20世纪80年代以后兴建的楼房中。

从府后里北端出来，就是解放西路，往东走几十米，就是十字街。我童年时代的十字街，除了桂剧院、邮局、张永发布店，街中心好像还有一个交通岗亭。童年时代，我常去的地方是桂剧院，除了看戏，还可以看电影。青年时代，我常去的地方是邮局，除了寄信，还买杂志。十字街往南走，中山中路的西侧，是一排骑楼，这也是当年桂林很有特色的建筑，是典型的南方建筑，虽然楼房很破旧，但现在回想起来，那种破旧中，其实是隐藏着昔日的富贵和繁华的。1934年2月，广东人崔龙文曾游桂林，撰写《桂林游记》，有记录："入文昌门，经南门直马路，路宽阔洁净，两旁铺屋俱新建二层，各大商店均在焉，铺多有中式二层，全以木建者，窗槛雕镂颇精致，仍保存中国之建筑特色。"

这种昔日的富贵和繁华，究竟是什么样的呢？

很凑巧，我在《一个美国人看旧中国》的书里，看到了关于1943—1944年的桂林的描绘。作者格兰姆·贝克是当时美国新闻处驻桂林办事处主任，他有画家的天赋，他笔下的桂林，描绘得真实、生动、形象。

虽然我读到不少当年桂林城的文章，但我没有想到，当年桂林的城市建设，曾经有如此高雅富贵的品格，我愿意摘录几段文字与读者分享：

桂林的整个结构有一种兴旺朴素和现代文雅的气氛。在传统的庭院式建筑之中还有一些较高的半现代化建筑，它们那带屋顶的花园和凉廊表现出一种广东风格。桂林的大部分街道都相当宽阔，商业大街的两旁有洁净的带拱顶的人行走道，排列着生长茂盛的树林。全城到处都有小湖，其中最大的两个湖在公园之中，湖边是绿树成荫的小道。桂林郊区有一群群奶油色的平房，每一所平房外都有带栅栏的花园，我以前在中国内地从未见过这种舒适的、名符其实的中产阶级住宅区。如果说昆明那种灿烂的阳光，华丽的色彩，极端悬殊的贫富差别象一个欧洲地中海沿岸——意大利或西班牙——城市的话，桂林那种柔和的阳光，淡淡的倩影，和欣欣向荣的气氛则象一个北欧——比利时或德国——城市。①

在中缅印战区的美军中，桂林被称为“东方巴黎”，这主要是因为桂林有着许多漂亮而易于接近的妙龄女郎。桂林的秀丽景色——绿树成荫的街道，街心的小公园，流经市中心的碧绿江水——使桂林当之无愧于“东方巴黎”这一美称。在中国人中间，桂林以戏院，书铺，菜肴，和美酒著称。本地有种以桑子酿造的美酒香醇可口，许多美国人嗜此如命，争相抢购，以致使酒价猛涨而酒味猛跌。可惜的是，桂林的命运竟然连巴黎都不如，几个月之后它因日军的

① ［美］格兰姆·贝克：《一个美国人看旧中国》，北京，生活·读书·新知三联书店，1987，第425页。

侵占而毁灭。许多人深深怀念那段时间的生活，在中国内地的其他城市，再也难以重温如此美好的日子了。[①]

在桂林，人数最多的外来人是从香港来的逃亡者。……来到桂林的逃亡者大部分并不是那种披头裹巾的穷苦难民，而是有钱的高级难民。那些全家迁往桂林的高级难民在郊区建立了一幢幢带有走廊的西式房屋。难民中许多是年轻人，他们在香港属于咖啡馆的常客，这些未婚的小伙子和姑娘给桂林带来一种愉快的花园式气氛。不少香港人在桂林开设咖啡馆或寄卖行。在桂林，咖啡馆的招牌真是琳琅满目——诸如"蓝鸟"，"绿蒂"，"丽都"等等，那些无所事事的有钱人就在这些咖啡馆中消磨时光。寄卖行中则出售那些不走运者由香港带来的雨衣，电烤箱，台灯，网球拍等杂物。所有这一切，都给桂林这座城市平添了一种异国情调。[②]

今天到国外留学和旅行的中国人越来越多，许多有过国外经历的人说起北欧、巴黎常常是心向往之。他们何曾想到，早在20世纪40年代，桂林在一个美国人眼里已经具有了北欧城市或者"东方巴黎"的格调。

如今，人们说起桂林的建筑，常常用一个词，所谓桂北建筑，

---

① [美]格兰姆·贝克：《一个美国人看旧中国》，第487页。

② [美]格兰姆·贝克：《一个美国人看旧中国》，第488页。

或者把桂北建筑概括为“徽派建筑”。我对建筑毫无研究，但我认为，把“徽派建筑”理解为桂林乡村建筑风格尚可，若把“徽派建筑”理解为桂林城市建筑风格，就有点南辕北辙。

我有一位北京朋友，是一位很有品位的学者，他跟我说过，在他的心目中，桂林是一座很洋气的城市。我想，如果他今天重游桂林，会不会改变他的桂林记忆？

“徽派建筑”或许很古雅，但显然不“洋气”。洋气，指的是西洋风格，当然，它不能是西方建筑的照搬，比如，桂林的两江四湖建设中，照搬了一些欧美桥梁的设计风格，就很为有识之士诟病。

如今，桂林还残存一些可以称得上“洋气”的建筑，如原广西省政府，如李宗仁官邸，如雁山园，如白崇禧故居、黄旭初故居、李济深故居，遗憾的是，后面这几个故居，只剩下单体建筑，原来的庭院都不见了。

“洋气”，在我的童年和少年时代，也是桂林人喜欢说的一个词，这个词现在说得不多了。可惜的是，这个词所含蕴的那种品位、品质、格调似乎也越来越罕见了。

桂林城

桂林是抗战文化城。在湖南衡阳，我看到一座纪念碑，碑上赫然刻着“衡阳　中国抗战纪念城”九个大字。衡阳被称为“中国抗战纪念城”是因为惨烈的衡阳保卫战，是在战争结束后命名的。桂林抗战文化城虽然没有这样一座实体的纪念碑，但在抗战期间名闻遐迩，被千万人传诵。说到桂林文化城，首先应该对桂林城有所了解。而要对桂林城有所了解，又得对“城”这个概念有所了解。

“城”不仅有行政内涵，而且有实体形态。就行政内涵而言，“城”指的是某个区域的行政中心所在地；就实体形态而言，“城”通常有城墙、城门、城楼，是一个封闭性的空间。“城”有时称城郭，分别指内城和外城；有时称城池，指的是除了城墙、城门、城楼之外还有护城河。桂林城，是非常标准的中国城，不仅有城，而且有郭，更加有池。

汉元鼎六年(公元前 111 年),汉武帝设始安县,今桂林城区为始安县治。这是桂林建城之始。如果以朝代命名,这个最初建于汉朝的桂林城可以称为“汉城”。

桂林“汉城”有八个门,赵平先生曾转述过马崇鑫先生关于桂林“汉城”及桂林“城”历代演变的考证:

> 朝京门,位于城北鹦鹉、铁封山两山交口北端,后为唐夹城北门,名镇岭门,北宋为外城北门,名朝宗门,南宋静江府城池图称此为“古旧城”;肃清门,位城西今三多路与翊武路交叉处,南宋静江府城池图谓丽泽门;威怀门,位城西今民族路西端腐乳厂附近,古称甘棠桥处;龙堂门,位城南南溪北岸,今南溪山公园正门附近;通波门,位城东南端雉山南麓;阳亭门,位城东中段象山南麓古渡附近;伏波门,位城东北段伏波山南麓,南宋称癸水门,清末复名伏波门;洗马门,位城东北端叠彩路与龙朱路交口,南宋谓就日门。
>
> 城北,凭铁封、鹦鹉两山天险而无城壕;城西,因无山河天险,重点开挖了城壕,由北端“古渠”向南,沿今西清、宝贤、丽泽湖,经拖板桥、桃花江、民族路西端甘棠桥,沿湘桂铁路线附近南下,入南溪折漓江;城东、南,则分别以漓江、南溪为池。经过测算,除城南的龙堂门与南溪较远些外,各垣与各向的壕池相距基本在六十米左右。

桂林城从唐代、宋代、元代、明代直至清代,不断修筑。但历代修筑,似乎都没有完全脱离桂林“汉城”的基础。换言之,桂林“汉城”,构成了桂林城的大致雏形。

桂林拥有极其特殊的山川形胜,东有漓江,西有桃花江,两条河流之外,城内山峰湖泊星罗棋布。因此,整个桂林城是一个由自然的山河与人工的城池结构而成的城。

漓江成为东面天然的护城河,由漓江上游引水生成的桂湖成为西面人工的护城河,桃花江形成的榕、杉湖成为南面人工的护城河,北面因为铁封山和鹦鹉山的存在,构成了天然的屏障。

历代桂林人在桂林的山河之间修筑了城墙,这些城墙将桂林的星罗棋布的山峰连成一体。有山的地方,山是屏障;无山的地方,城是护卫。

这样的山川形势使桂林成为一个典型的易守难攻的城市,因此,古代即有“铜铸重庆府,铁打桂林城”的说法。

当然,再坚固的城池也是可以攻破的,只是为进攻者增添了难度。这种为攻城设置的难度,对于城市本身,很难说是喜还是忧。

宋代末年,修筑时间长达十四年的静江府城池完成仅六年后,元军将领阿里海牙就打到了桂林城。马暨坚守静江城长达三月,誓死不降。《宋史·马暨传》记载:“前后百余战,城中死伤相藉。”阿里海牙筑堰断大阳江、小溶江水,打开静江城东南的堰坝,使静江城周围的护城河干涸。失去护城河的屏障,静江城终于被元军攻占。《元史·阿里海牙》记载:

民闻城破，即纵火焚居室，多赴水死。

阿里海牙以静江民易叛，非潭比，不重刑之，则广西诸州不服，因悉坑之。

越坚固的城墙带给城市的，越可能是生灵涂炭。静江城的修筑，给桂林带来的正是空前的浩劫。

这样的浩劫，元末发生过、明末发生过、清末也发生过。抗日战争期间，生活在桂林文化城的文化人，喜欢重温南明史。为什么他们对南明史情有独钟？就是因为南明历史上出现过两位抗击清军的英雄瞿式耜和张同敞。1646 年，清兵孔有德长驱南下，直逼湖广和两广。桂王次子朱由榔于广东肇庆称帝。1647 年，瞿式耜护送朱由榔达桂林，桂林成为南明小朝廷的都城。

1650 年，清军陷全州、战兴安、破严关，兵临桂林城下，桂林几成空城。瞿式耜、张同敞大义凛然，“从容待死与城亡”。

金庸在评说袁崇焕的时候有一段相当精警的话：

袁崇焕的功业，不免随着时代的进展而渐渐失却光彩。但他英雄气概的风华却永远不会泯灭。正如当年七国纷争的是非成败，在今天已没有多大意义了，但荆轲、屈原、蔺相如、廉颇、信陵君这些人物的生命，却超越了历史与政治。

的确，历史会不断引起后人众说纷纭的评价，但一座城市曾经有过的英雄气概却具有永恒的光彩。回顾历史我们或许会更加理性和冷静，但历史上的英雄们所表现出来的人性光辉，却能够永远照彻我们时常晦暗的人生。

我在想，什么时候，桂林能重建自汉代兴建、自宋元而臻雄伟完善的城墙、城门和城楼。什么时候，在桂林的什么地方，能树立起那样一座纪念碑，上面书写这样几个大字：桂林——抗战文化城。

城中之城话皇城

皇城,是老桂林对靖江王城的别称。有些人以为是桂林人发音“王皇不分”所致。其实不然。明代朱元璋分封诸王,靖江王的封地在桂林,桂林因此修建了靖江王城。明朝灭亡后,南方曾出现过好几个由明朝皇族建立的政权,史称南明政权。南明最后一个政权是1646年由两广总督丁魁楚、湖广总督何腾蛟和广西巡抚瞿式耜等人在广东肇庆拥立明神宗的孙子桂王朱由榔称帝建立的南明永历政权。1647年,永历政权迁至桂林,永历帝驻跸靖江王府。由于永历帝的特殊身份,靖江王城也就成为“永历皇城”。这大概就是“桂林王城”成为“桂林皇城”的由来。

陈畸的《记桂林之行》不仅描述了1937年前后桂林城的概貌,而且较为详细地描述了当时靖江王城的布局:

桂林的皇城,自然没有北平的紫禁城那么样的伟大,但却也具有着同样的意义。在专制时代里,皇城是帝王以及他们的贵胄的私邸,而为平民所不敢正视的禁地。时过境迁,历史是进化的;现在桂林的皇城,是第五路军总司令部和广西省政府的办事处。

皇城周围差不多有三里,墙高一丈二尺,两面都是磨光的麻石。被包围在里面的,有一座独秀峰,几座大“衙署”,但并没有一座民房。

省政府坐北向南,背后是中山公园,前面横着一条铺石板的马路,正门对着朝阳门。我们从朝阳门走进去,就可以迎面看到一座洋房,上面高高地挂着一面随风飘扬的国旗,旗杆下是一座纪念碑式的建筑,写着“广西省政府”五个大字。

广西省政府的外面围着石栏杆,我们走上了刻着浮云的云梯,经过了传达处,里面就是一幅广阔的庭园。右旁有五列房子,那就是省政府各部分的办公所。主席、所长、科长和各处的工作人员,每天从上午的七点半钟起至十一点半钟,下午的一点半钟至四点半钟——每天都得在那些并不宽松的房子里埋头苦干,为执行广西建设纲领而努力。他们的口号是自负的:“建设广西,复兴中国。”

向左,有五列同样大小的房子,那就是总部所属各处的办公所。庭园的正中是一座围着漂亮的石栏杆的高基;从前的王邸就建筑在上面,当一次北伐时,孙中山先生督师桂林,这高基上面还有一座房子,孙中山先生的办事处就在里面，后来不知是怎么样，那座房子让大火烧掉了。我们现在走上这高基上面来，树绿草黄，不免要慨叹时间与历史之演变！

最后，我们顺着高基的石级走下去，就走到了“礼堂”。这一座洋房可以容纳一千多人，许多次的党政军各界联合纪念周，许多次的公务人员听受训导，许多次的乡村长特别集会，都是在这个地方举行的。那些集会虽然也带着庄严肃穆的气象，但人物和论题，一切所表现的，都是平民的，而不是古代的贵族和专制的。

我们在礼堂里瞻仰了孙中山先生的遗像，再回头走出来，走到大门口时，就可以望见朝阳门和上面的城楼，这里有着好几株上了年纪的古松，疏落地傲然地在路旁站着。朝阳门的左旁是省立第一图书馆，现在和省政府图书馆合并起来，约有十万部的藏书。右边是总部政训处和训练处的办公厅，它们和总部是门对着门。

这里，皇城里面是许多建筑物，说起来都是有了深长的历史的痕迹的。现在的省政府图书馆和政训处的办公厅，都是旧衙署逐渐改建的。而特别引起我们的兴味的，是至今还保有它的形式的那些围着省政府大门口的石栏杆和省政府里面的那一座高基。

文中所说的云梯，即如今广西师范大学正门，亦称承运门；文中所说那座“围着漂亮的石栏杆的高基”，即如今的广西师范大学王城博物馆,也即承运殿,如今漂亮的石栏杆和高基尚在,这都是300多年前明朝的遗存;文中所说礼堂,即今广西师范大学国学堂,仍称礼堂;文中所说朝阳门,即今天所说的正阳门。朝阳门左旁即如今广西师范大学王城校区东区宿舍,当年广西省立第一图书馆在里面;右边即如今广西师范大学王城校区南区宿舍,当年是第五路军总部政训处和训练处的办公厅。

文中的广西省政府容易理解,第五路军总司令部则有必要解释一下。第五路军即七七事变前夕组建的新桂系部队。1936年两广事变之后,广西的军事力量做过一次整编,全军编为国民革命军第五路军,下辖第七军和第四十八军。第五路军总司令李宗仁、副总司令白崇禧、总参谋长李品仙。第五路军总司令部和广西省政府同设在皇城。皇城是桂林的城中之城,第五路军总司令部和广西省政府落户于此,意味着皇城在当时扮演的是广西政治、军事"中枢神经"的角色。

第五路军存在的时间并不是很长,1937年8月和10月,白崇禧和李宗仁相继离开桂林北上抗日,1939年以后第五路军总司令部取消。不过,值得一提的是,上面陈畸文章中提到的第五路军政训处直辖过一个机构,即国防艺术社,它被认为是第八路军以外任何军队中所看不到的"艺术的突击队",以后我们会发现,在桂林文化城轰轰烈烈的文艺活动中,经常有第五路军政训处的影子,有国防艺术社的影子。

文化城究竟有多少共产党

抗战时期的桂林文化城究竟有多少共产党?

这个问题让我想起李克农与黄旭初的一段对话。八路军桂林办事处成立之初,李克农拜会广西省主席黄旭初,黄旭初单刀直入发问:“广西有没有共产党?”

李克农的回答是:“有是有的,但是不会找你们的麻烦。如果说没有共产党,那是骗你。我就是嘛。”①

李克农这个回答是蛮机智的。他没有否认广西有共产党的存在,但也没有谈论共产党在广西的具体情况。

当时共产党在广西的分布,大约可以分成这样两部分:地方党组织和外来党组织。本文不谈论地方党组织,只说外来党

---

① 开诚:《李克农——中共隐蔽战线的卓越领导人》,中国友谊出版社,2012。

组织。

当时,广西公开的共产党机构只有八路军桂林办事处一家。八路军桂林办事处成立于 1938 年 11 月,撤退于 1941 年 1 月,在桂林时间两年三个月。

然而,除了八路军桂林办事处,还有不少共产党员在桂林各种文化教育机构。

1932 年成立的广西省立师范专科学校,就隐藏了不少共产党。其首任校长杨东莼,是一位与共产党暂时失去联系的共产党员,他聘任了朱克靖、汪泽楷、薛暮桥等一批“失联”的共产党员在学校任职,宣传马克思主义,使广西师专有“小莫斯科”之誉。

1937 年成立的广西建设研究会,吸纳了大量文化精英。在广西建设研究会《本会职员及研究员姓名一览》中,我看到了胡愈之和刘仲容的名字。胡愈之是 1933 年入党的中共特别党员,他进入了桂系最重要的智囊机构,确乎不易。刘仲容虽然不是共产党员,但他长期为共产党效力,是实质意义上的中共情报人员。胡愈之、刘仲容进入广西建设研究会,意味着共产党已经在桂系的高层智囊机构安插了自己的力量。

1939 年 3 月正式开学的广西地方建设干部学校,是广西当局开办的一所培训广西地方基层干部的学校,其前身为广西民团干部学校[①]。这个学校开办了将近两年,1940 年 12 月 31 日

---

① 中共桂林市委党史研究室编著:《党在广西地方建设干部学校》,漓江出版社,1993,第 362 页。

停办。两年时间开办了 4 期,培养干部 1400 余名,开设特别训练班 4 个,培训村街长 4000 人左右。该校校长是黄旭初,教育长是杨东莼,杨东莼出任该校教育长之前,曾与桂系约法三章:一是他有用人权,二是他负责训练内容和方法,三是他社会关系复杂,白崇禧、黄旭初不可因此而任听特务的造谣和离间。桂系同意了他的要求,于是,杨东莼成为广西地方建设干部学校教育长,实际负责人。

高榕整理的《地干校中共党员名单》显示,地干校中省内党员有 75 人,其中教职员 34 人,学员 41 人;外省党员 36 人,都是教职员。全部党员共有 121 人。在一个广西当局开办的培养广西地方基层干部的学校,竟有中共党员 121 人,这实在是一个庞大的数字。在外省党员名单中,我们可以看到一批活跃于桂林文化城的作家、音乐家和画家,他们是周钢鸣、司马文森、李凌、刘建庵、林路、黄新波、廖冰兄、谢加因、赖少其、郑思等人。而且,这 121 个共产党员,组织严密。叶方在《关于广西地方建设干部学校中共地下支部活动情况的回忆》一文中写道:"据我了解,校内中共地下党的组织分设外来党员支部和本省党员支部,两个支部的党员彼此不发生横的关系。"①

除了上述三个广西当局自己的文化教育机构,广州、武汉沦陷之后,大量文化机构来到桂林,其中一些文化机构也有中共党组织的存在。

---

① 中共桂林市委党史研究室编著:《党在广西地方建设干部学校》。

《新华日报》桂林分馆是公开合法的中共文化机构。其前身是《新华日报》广州分馆，广州沦陷后，1938 年 12 月 11 日在桂林桂北路 35 号设立了《新华日报》桂林分馆。最初由重庆总馆寄纸型，在桂林翻印。直到 1940 年 4 月 7 日被迫停止出版。[①]另外还在桂西路 26 号设立了营业处，营业处除了出售《新华日报》和《群众》杂志，还出售重庆总馆和延安出版的各种书籍，当时颇受欢迎，有"韩康药店"之称。[②]

国新社，即国际新闻社。说到国际新闻社，人们对它知之甚少，但说到中国新闻社，人们对它就不会陌生了。简单地说，国际新闻社就是中国新闻社的前身。它筹建于武汉，成立于长沙，1938 年 11 月 12 日在桂林正式成立总社。国新社到桂林的第二年，李克农安排唐勋到国新社组建党支部。经过一段时间，唐勋建立的支部成员达到六人，但唐勋很久以后才知道，国新社的重要人物胡愈之、范长江、孟秋江、黎澍等都是党员。其中，范长江是 1939 年 5 月在重庆曾家岩五十号"周公馆"，由周恩来作为介绍人，秘密加入中国共产党，指定与周恩来、李克农单线联系。他和胡愈之都是特别党员。[③]

《救亡日报》1937 年 8 月创刊于上海，1938 年 1 月复刊于广

---

① 黎远明：《关于〈新华日报〉的回顾》，《桂林文史资料》，漓江出版社，1995。

② 卢杰：《真理的声音封锁不住》，《桂林文史资料》，漓江出版社，1995。

③ 唐勋：《桂林国新社支部的片断回忆》。

州,1939 年 1 月再次复刊于桂林。《救亡日报》虽然不像八路军桂林办事处那样是公开的共产党机构,但其主要成员都是共产党员,是在中共地下党领导下公开发行的报纸。桂林时期的《救亡日报》是在八路军桂林办事处的直接领导下。根据廖沫沙的回忆:“报社工作人中,多数是在广州参加报社工作的,一部分是桂林办事处分配来的。”①从广州到桂林的主要有夏衍、林林、彭启一、华嘉、谢加因、邝礼等,到桂林之后加盟的主要有周钢鸣、翁从六、廖沫沙、张尔华等人。这些人都是共产党员。《救亡日报》不仅有许多共产党员,而且有严密的党组织。廖沫沙回忆说:“《救亡日报》有两个党小组,城里一个组,乡下一个组,我参加的是乡下的小组。”②

生活教育社是陶行知 1938 年 12 月 15 日在桂林成立的一个全国性教育文化机构,总社在桂林,全国许多城市设有分社。据刘季平等人回忆,生活教育总社有较多的共产党员,有共产党的基层组织,生活教育社的党组织由八路军桂林办事处领导。③综合刘季平等人的回忆和魏华龄《生活教育社在桂林记事》④一文,生活教育社共有 13 个常务理事,其中有王洞若、操震球、刘季平、戴伯韬、方与严、程今吾、杨东莼等人,这些人皆为共产党

---

① 廖沫沙:《我在桂林的战斗岁月》,八路军桂林办事处纪念馆编《漓水烽烟》,桂林八路军办事处纪念馆,1988。

② 廖沫沙:《我在桂林的战斗岁月》。

③ 刘季平等口述:《生活教育社在广西》,《桂林文史资料》,漓江出版社,1987。

④ 《桂林文史资料》,漓江出版社,1987。

员。王洞若和程今吾先后担任生活教育社党组织的负责人。

抗战时期桂林有出版城之誉,大约有 200 家书店云集桂林。著名的新知书店在桂林,生活书店、读书生活出版社在桂林设有分店和分社。

新知书店 1938 年 12 月 1 日迁至桂林,店址在太平路 18 号,门市部在桂西路 35 号。该店总管理处 1939 年 12 月迁至龙隐岩之麓施家岩办公。该店总经理徐雪寒、副总经理华应申都是共产党员,店内设有党支部,中共桂林市书报业总支委员会设在该店,总支书记是八路军桂林办事处的沈毅然。姜君辰、张锡昌等共产党员也曾经在新知书店担任过编辑。

读书生活出版社桂林分社社址在桂西路阳家巷 2 号,后在桂西路 17 号开办读者书店。据倪子明《桂林读书生活出版社二三事》称:读者书店原来是《新华日报》和读书生活出版社联合开设的门市部,这是按李克农的指示办的,生活、读书、新知三家出版机构党的组织,都归八路军桂林办事处领导。①

生活书店虽然是邹韬奋所创办,但中共秘密党员胡愈之是生活书店的总设计师。② 他是生活书店的编审委员会主席,兼桂林分编委会主席。③ 生活书店桂林分店的实际负责人卞祖纪和邵公文都是共产党员。

---

① 龙谦、胡庆嘉编著:《抗战时期桂林出版史料》,漓江出版社,1999。

② 《生活书店史稿》编委会编:《生活书店史稿》,生活·读书·新知三联书店,2007,第 193 页。

③ 《生活书店史稿》编委会编:《生活书店史稿》,第 131 页。

如此罗列，似无尽头。给人的感觉，好像共产党无处不在。这个感觉应该是正确的。当时的桂林文化城，共产党不仅无处不在，而且往往是精英所在。

月牙山豆腐

如今,不知道桂林究竟哪道菜最为著名,但在抗战时期,最著名的桂林菜,可能就是这道月牙山豆腐。

1932 年可能是广西声名鹊起的第一年。我以为,这或许与两个旅行团游历广西有关。这两个旅行团分别是五五旅行团和广西旅行团,一前一后,分别于 1932 年 5 月和 1932 年 8 月游历了广西。前者留下了《桂游半月记》,后者留下了《桂游鸿雪》,两本书不约而同都提到了月牙山豆腐。

1932 年 5 月 12 日,五五旅行团游历了月牙山,在《桂游半月记》中留下了关于月牙山豆腐的记录:

> 乘轿至月牙山,山不甚高,而绝顶一峰,挺若锋棱,故又名剑山。山半有岩石,如半月,寺即在其前。老僧某善制豆腐,得秘传。是午周师长招同人午饭山之飞霞阁,得一尝,

味果殊绝，宜其驰名远迩也。[①]

1932年8月22日，广西旅行团在月牙山宴请有关人士，主菜即为月牙山豆腐，《桂游鸿雪》如此记录：

是日游程，订约到月牙山晚食。时已薄暮，乃命驾而往。月牙山在龙隐岩北，石磴数十级，崖至半悬，望之如新月初生，故名月牙。石壁三面，琼花四出，如屏之列，如帷之张。诚有如龙嘉德游记所云者。岩上有倚虹楼、襟江阁等处。予等乃在此设席。是日并以旅行团侠义，邀周师长祖晃及周师长夫人、张民团指挥官淦、张记者舞丹、文副官毓山、黎县长凤墀、林秘书、江区长、林所长等会宴。凡三席，均素食。月牙岩有老僧主持，其素食以豆腐为最著。献食至豆腐，则老僧亲出致敬。如寻常宴会时，主人之亲献鱼翅，同一礼数。未入席之前，叶医生请在座主客，循石阶上下参差立，同拍一照，以留纪念。桂省长官皆俭朴，衣皆粗布，有耳文公布衣帛冠之风，出行或以马，或步行，鲜有用肩舆者。席既散，宾主分道。[②]

1934年，一位名叫崔龙文的人士在游历了粤北之后，游兴未尽，复作桂林之游，留下了《桂林游记》，其中亦提到月牙山

① 五五旅行团：《桂游半月记》，中国旅行社，1932，第31页。

② 广西旅行团：《桂游鸿雪》，培英印书馆，1934，第34—35页。

豆腐：

由七星岩西行一里至月牙山，石峰矗立河滨，石磴百余级，均有石栏围绕，至山麓有寺，亭阁参差，楼高二层，题曰倚虹，颇宜远眺。寺僧以善制豆腐著名，住持留用膳食豆腐，因时间短少谢之。①

1942年6月25日，叶圣陶在其日记中留下了这样一段话：

梁漱溟先生自港回国，留居桂林（梁本桂林人），近寓所中，现之、彬然导余往访之。状貌严肃，发言颇缓而沉着。坐少顷，现之邀往吃月牙山豆腐。月牙山在研究所附近，山前有素菜馆，煮豆腐尤有名，桂人所谓桂林三宝之一。三宝者，乳腐，月牙山豆腐及女伶小金凤也。余在店中几乎每餐有乳腐，豆腐则适然遇之，是已识其二宝。惟小金凤已嫁人，不复唱戏，此宝不可识矣。……吃豆腐，的确滑嫩鲜美。另吃素菜三色，各吃面一碗，而后出。②

这段文字表明，桂林三宝有多个版本，其中之一为乳腐、月牙山豆腐及女伶小金凤，而月牙山豆腐，的确滑嫩鲜美。

---

① 崔龙文：《粤北纪行·桂林游记合编》，澄怀书屋广州刊本，1935，第38页。

② 叶圣陶：《旅桂日记》，《桂林文化城纪事》，漓江出版社，1984。

抗战时期，著名戏剧家熊佛西在桂林生活了三年，他在桂林期间曾经写过一篇题为《桂林的三宝及其它》的小品文。他虽然没有把月牙山豆腐列入“桂林三宝”，但他对这道名菜也很推崇，他这样写道：

> 月牙山的豆腐也很值得介绍，据该山住持巨赞法师云，月牙豆腐所以精美，完全由于做法不同。我们很希望法师大发慈悲，将制作月牙豆腐的秘诀公诸于世，使芸芸众生都能享受豆腐的美味，法师功德无量矣！

1942 年，著名作家茅盾在桂林生活了九个月，在即将离开桂林的时候，1942 年 11 月 29 日，柳亚子、田汉夫妇等邀请茅盾一家到月牙山吃豆腐，为他们饯行。1985 年，茅盾撰文回忆了这次饯行：

> 月牙山为桂林一名胜，紧傍漓江，山上有寺，殿堂筑于山洞中，山前有一素菜馆，煮的豆腐远近闻名，被誉为桂林三宝之一。我们品尝着滑嫩鲜美的豆腐，远眺笔立的群山，耳听漓水的喧哗，不禁为这几年来国事之艰难，文网之森严，以及朋友们聚散之无常而概叹。

著名报人徐铸成当年从香港到桂林，第二天就兴致勃勃地游览七星岩和月牙山，数十年后写《报海旧闻》，在《桂林杂忆》一章里，月牙山豆腐仍给他留下深刻美好的印象：

在山顶一个小庙里,品尝了有名的月牙山豆腐,真是名不虚传。汤不过是蘑菇竹笋等佐料,豆腐却煮得实在好,咬一口,里面全像蜂巢一样,而依然鲜嫩无比。我一连吃了两碗……

上面几段引文,说到月牙山豆腐的制作者是一位老僧,熊佛西的文章,则容易让人觉得月牙山豆腐的制作者就是著名的巨赞法师。然而,另一位抗战时期生活在桂林的文化人李白凤,在他的回忆文章《柳亚子先生在桂林》中却让我们意识到,月牙山豆腐的制作者可能并不是僧人,而是凡夫俗子。李白凤这篇文章写的是他们当年到一位李姓商人家吃月牙山豆腐的情形:

自从月牙山老住持圆寂之后,庙里的大厨师便被一个广东盐商李某请到他的公馆里去了,知道这情况的人,大多数已不再到月牙山去领略豆腐的风味,反而改到李某家中去作客了。

旧社会的商人和官吏一样,有两文臭钱之后便想附庸风雅,李某自不例外。李某既然有了一位好厨师,怎肯不以之炫耀于众?当时桂林文酒之风很盛,有的酒楼在开张的时候,都想方设法邀请文艺界的人士去吃一顿。这时,多半是以亚子先生作为团体的中心人物。在这种情况之下,李某因为和黄尧是老相识,听说黄尧的画展,亚老很肯帮忙,于是就通过黄尧,请亚子先生代邀几位朋友到他家里尝一尝豆腐。

李某的厨师既然名冠当时，亚子先生就应邀而去，并借此机会过漓江，畅游七星岩一带的风景。

那天同游的有田汉、熊佛西、端木蕻良等十多人。

李某的“公馆”建筑在半山上，三间客堂面临小东江，屋子里布置得尚为清雅，陈设也颇简单，竹桌竹椅，另是一种风味。黄尧是常客，由他敲门，开门的正是那位有名的厨师，经黄尧介绍后，大家就坐在客厅里闲谈，我们到时，主人大约是外出买东西了还未回来。

三点半之后，主人回家来了，是一个官僚型的商人，头戴礼帽，身穿灰色长袍，面孔上一片红光，一眼看去就看得出是一种营养很好的象征，一口广东话，动作微现粗鲁。

正在喝酒的时候，梁漱溟先生也到了，他并非闻风而来，据说是有事要找黄尧。大家看见梁先生来了，就邀请他入座，他十分客气地谢绝了邀请。这时，田汉就说：梁先生不喝酒。于是主人就殷勤请吃“豆腐”，梁先生也就不再推辞地坐了下来。

这次宴会上的豆腐果然名不虚传，我们一行都是吃过月牙山豆腐的，两者相较，轩轾已分，主人在大家交口称赞之余，又将那位名厨师请了出来，向大家作了第二次介绍。①

① 李白凤：《柳亚子先生在桂林》，《桂林文史资料》1987 年第 11 辑。

月牙山豆腐如此美味,那么,它究竟有什么来历?有一位名为郑宾的作者,写过一篇《月牙山的素豆腐》,称月牙山豆腐历史悠久,最少已超过百年。他还提到,有人说月牙山豆腐是明末栖霞寺住持浑融传下来的,因为栖霞寺用来盛豆腐的碗是张同敞的遗物。如果此说成立,月牙山豆腐的历史就不是100年,而是300年。郑宾的文章说到了烹制月牙山豆腐的诀窍,其中重要的一点,就是月牙山豆腐必须用花园村的老水豆腐。这个说法令我感到很亲切,因为我的舅妈就是花园村人。在我的青少年时代,每逢春节,我的舅妈就会给我家送一铁桶月牙山豆腐。当时我们只知道花园村的豆腐好,但没想到花园村豆腐如此之好,好到桂林最著名的菜必须以它为主要材料。今天我写这篇文章,既有思古之幽情,也有用世之热心。我经常到七星公园散步,月牙山和月牙楼都是必经之地。每当经过月牙楼的时候,我就在想,如此美好的建筑,为什么没有相应美好的经营呢?过去,我们在月牙楼还能吃上不算很美味但总算有特色的素面,近好些年,月牙楼好像连素面都没有了,遑论月牙山豆腐。从郑宾的文章推论,月牙山豆腐失传已经半个多世纪了。真希望有一天,月牙山豆腐重现月牙山。

桂林还有什么甲天下

桂林山水甲天下。除山水之外,桂林还有什么甲天下?

1936 年 3 月,一位名叫潘文安的游客在广西游览了 28 天,他每天都写日记,1936 年 7 月上海生活书店出版了他的游桂日记《粤桂印象》。3 月 21 日那天,他游览了七星岩,当天日记有这样一句话:

> 世称桂林山水甲天下,乌知桂林岩洞之奇,更甲天下也。

这句话的意思是桂林除了山水甲天下,还有岩洞甲天下。这一天,他还专门为七星岩写了一首诗,最后四句为:

> 世称桂林山水奇,讵知岩洞之奇更难遇。生平陟山渡

水多，七星岩洞最欣慕。

也是1936年，著名的《旅行杂志》第10、11期刊登了邵雨湘的《粤桂纪游》。邵雨湘显然读了潘文安的《粤桂印象》，他的文章里，“世称桂林山水甲天下，乌知桂林岩洞之奇，更甲天下也”这句话原封不动地又出现了一次。

显然，最迟至1936年，桂林岩洞甲天下，已经成为当时人们的共识。

例如，1938年发表的张伯伦《抗战后方的桂林》就有这样一段文字：

桂林与其说“山水甲天下”，倒不如说“山洞甲天下”，随便走到哪座大山，总可以找到一两座石洞，其大者长约数里，如东门外的七星岩，小者亦可容数十或数百人。桂林得天独厚，在防空问题上解除了一个大困难，因为这些山洞可说是天生的躲避飞机的避难室，如果拿他地建造避难室所花的费用做标准，那桂林的山洞在此非常时期真是一笔巨大的财产。桂林对于防空设备极为周到，只因没有自来水，故消防方面力量尚差，同时房屋多木质，易遭损害。不过桂林一方面多山，敌机不便长途跋涉而来，同时又多山洞，即来亦可安全躲藏，所以一般地说，桂林遭空袭损害的危险性较之他省究竟是小得多哩。

比较潘文安和张伯伦两人的说法，可以发现，他们虽然都认同“桂林岩洞甲天下”的观点，但着眼点不一样。潘文安是从审美的角度，他认为桂林的岩洞之美甲天下；张伯伦是从实用的角度，他认为桂林的岩洞对桂林躲避空袭有巨大的实用价值。

不知张伯伦说这话的时候桂林是否遭到过空袭，但同一年南田发表《敌机狂炸下的桂林》的时候，桂林显然已经有过空袭的经历：

> 桂林地方虽小，差幸“山水甲天下”究属名不虚传，从平淡的游乐地一变而为国防要地的各个山头，做了战时群众的保护者，那就是岩洞。岩洞可以做天然的防空壕，桂林的山，果然怪特，会不连接地东一座西一座兀立地上，好如图画中山水，总有兀立的削尖了峰头的山岩布景，桂林的山就同画中的山一般无二，并且每一座山上有无数的大小洞，尤以七星岩的山洞最深入，只要躲在洞中，比躲在任何地方来得安全。从此以后，一般的桂林人有老弱妇孺不便行走的早出午归，视岩洞如家，计算飞机的来去时间以便作息……

由于桂林的岩洞是最好的天然防空洞，当时有人甚至极力赞美桂林岩洞，比如，卫玉写于 1938 年 12 月 21 日的《洞天福地》一文这样说：

桂林对于敌机空袭，有“得天独厚”的避难所——山岩——任何重磅炸弹所不能冲破的。而且山岩星罗棋布于城郭，一共有二十余处，最大的如七星岩可容万人左右，最小的象鼻洞，也可容四五百人，一逢警报，在三十分钟内，桂林的市民可以一个不见，个个都到保险箱里暂住。

最近广西省政府组织了一个战时民众教育指导委员会，该会又利用避空袭机会举办了岩洞民众教育。每个岩洞有一个教育团体，担任指导工作，如广西教育厅、中华职业教育社、江苏教育学院、生活教育社、军委会政治部、五路军政治部等，都认定一区或二区，实施他们战时民众教育工作。工作的种类，有时事报告、生活指导、战时常识、演剧、歌咏、电影、壁报，等等。还有几处有图书馆、托儿所的设置，可谓应有尽有，每个避难所，仿佛成了民众教育馆。并且防空指挥部还想在山洞里装置无线电收音机，遇敌机侵入桂境时，随时报告敌机的动向，几架敌机，何处起飞，现在往哪个方向飞去飞来，可以使避难的民众，当时知道。这样的天然山岩，加上这样的人工布置，简直不是避难所而是洞天福地了。吾们大家都知道“桂林山水甲天下”，现在呢，不但是山水甲天下，竟是山洞妙天下了。

以上文章的作者似乎知名度都不很高，下面引用著名作家艾芜的文字，他在写于 1937 年 7 月 31 日的《桂林遭炸记》一文中说：

桂林山峦的好处，便是岩洞到处都是。前人称桂林山水甲天下，现在应该赞为防空洞甲天下了。

甚至有人想到胜利后要给桂林的岩洞请功，奖励它们在战争中为保卫桂林人民生命财产做出的巨大贡献。下面是《空袭下的桂林》一文的节录：

地下室、防空壕这些东西，现在没有一个人对它们不熟习，但对于防空岩洞这个东西，虽然表面上一看就知道它是什么东西，有什么用，可是它的本身，恐怕是未到过桂林的人所生疏的。因为这是桂林唯一的特产啊。

也许是得天独厚吧，桂林这些形态特殊、各自独特地不分城内城外耸立着的石山，不仅平时把桂林点缀得特别美丽，在战时的现在，更给桂林带来了无数大小不一的保险防空洞，这在战前，曾经是乞儿们的安乐窝，但当抗战的烽火从北方迷漫到南方后，它们都一个个先后地走上了战场，于今这些多可容纳数百，少可容纳数十人的岩洞，除了指合作避难所用的外，其余有的已装上地板，变成了重要办公地点，有的则已砌上石门，变成了资源的保险仓库。

因为这些保险率比任何用沙袋做成的地下室防空壕都高、容量都大的防空岩洞普遍地散布在桂林城内外，所以这儿虽也和其他都市一般遭受过多次残酷的轰炸，被大量的燃烧弹整个地毁灭了四分之一的一个桂林，可是我们却从未在医院里找出过几个被炸伤的民众,便使见过几个被炸死的。物质呢?则除了毁坏了一些空民房外,也绝没有什么可值得统计的。这个伟大的功劳,是整个地属于这些石头英雄——防空岩洞的。将来在鬼子们全被赶出去,抗战获到了最后胜利,政府举行论功行赏时,它们也是应该受封的。因为在大量的轰炸伤裂下,它们曾始终如一地咬紧牙根,忍受痛苦,从无一点怨言地完成了它们保让直接支持抗战、获取最后胜利的人力和资源呢。

最后一句话明显不通,但大致意思肯定是桂林岩洞保护了抗战需要的人力和资源。

值得注意的是,上面这段文字似乎过度夸大了桂林岩洞的安全作用。因为桂林在空袭中受到的生命和财产损失仍然是巨大的,这方面同样有大量文章记录。

桂林岩洞甲天下之外,桂林还有什么甲天下?

1938 年第 5、6 期的《旅行杂志》刊登了陈畸的长文《记桂林之行》,此文提出了一个说法:“桂林木屋天下第一。”文章如此写道:

桂林是以风景出名的。但有一个在桂林住了好几年的朋友告诉我:桂林的风景可以算是“第一”,桂林的木屋尤其应该是“天下第一”。

这些话或者有点近于游戏。可是桂林的木屋的确比之别处的简陋的建筑大不相同。而且最奇怪的是：差不多所有的民房和商店等等，百分之八十是属于这一类的。

这一种木屋，除了屋面用瓦，墙基用砖，其他各部分都是用木和板的。有的在木板上面盖了一重灰，使我们看不出原来的面目；有的简直连灰都不用，墙壁就是木板。假如我们要在这上面钉一支小小的钉子来挂上一幅图画，那倒是毫不费力的了。

我们在别的地方也未始不可以看到木屋。但大都是穷人所居的；因陋就简，随随便便的盖起来，可以避风雨太阳，不至于当天露宿就算了。最使人系念而感到有一种所谓诗意的，恐怕是我们在南洋群岛的山巴里面所看到的木屋吧？那些木屋的结构特别奇巧，每每是单独的藏匿在椰林深处，使人发生“帝王于我何有”的幻想。

桂林的住屋，差不多无大无小，都是用木材做主要材料的。有许多漂亮的民房，一连是三进四进，利用泥土灰沙的地方也是极其有限。四壁都是木板，有一种显然的特色：窗户特别的多，而且喜欢在走廊里围着栏杆；而且大都是油着绿色或者是红色。我们住在这种房子里面，夜晚盛起火盆来睡觉，不免要忧虑到一种可能的危险。在寒冬里，桂林的气候总保持在二十五度上下的记录，不盛火盆就不能工作。而外面风势似乎是特别的威猛。假如不幸一个地方报警，那么，许多房子就可以同时付之一炬的！

为什么桂林的房屋喜欢用木材来盖造呢？我们现在或

许希望明白这一点。主要的原因总不出乎材料和经济上的限制。第一,这里沙土特别少,烧砖的价格极高;第二,广西是木材出产的地方,杉松的价钱很相宜;所以许多人都是选择了第二种材料。

抗战时期,桂林房屋多为木屋,这是事实。但桂林木屋是否多到甲天下,这难下定论。既然陈畸的文章出现了这一说法,我们原文照录,聊备一说。

其实,桂林木屋甲天下,语虽夸张,却不离奇,上文描述亦很平实,抗战时期在桂林生活过的人对桂林木屋之多亦有感受。令人意外的是,我还曾读到一篇文章,标题就是"桂林山厂甲天下",初读我还以为"水"字误写成了"厂",认真读了文章,才知道没有错,确实就是"桂林山厂甲天下"。

原文节录如下:

桂林是这么一个"平地山城":地面平得像中原那样,没有什么起伏;可是到处又林立着奇峰,不能像平原样的一望无际。这种奇峰,对于黔桂道上的初次游客,总有着深刻的新奇印象。如果到桂林后再到阳朔做月夜泛舟,就更相信"桂林山水甲天下"这句诗,并非诗人的夸张。

重庆是个山城,工厂就依着这个城市建筑在山城旁或山端上或山谷间。在福建,丛山蜿蜒不□,工厂就都傍山依江而筑。在雅安,则工厂是建筑在万山之谷中。可是谁也难于在厂中找到山峰。但在桂林，像桂林中心有独秀峰一样，一千亩大的无线电厂本身就围抱了几个山峰。这在终身未见过山这东西的一些上海人，真是个奇观。

其实在桂林还不仅如此。在重庆，长江与嘉陵江两岸的工厂，有不少自开了防空山洞以安置贵重的机器，这对于参观者每已叹其工程的艰巨。可是在桂林却是件常事，几家大报馆都把印刷机放在山洞岩穴之中。×××的机器大部分是在曲折的岩洞中。原来在桂林，在奇峰的里面，还有着天然的岩洞，只要稍加修筑便可作为天然的工场。桂林有这样一个岩洞工厂，整套生产机器都放在岩洞之中。在这个岩洞中，非但安置一个长达一百八十尺的卧式旋转铁筒锅炉，而还要安置××匹马力的动力设备，能日磨××桶水泥的球磨机，以及其他的附属机器。此外还是要凿穿二百尺的洞顶岩层以穿出烟囱，这个岩洞，只有那名闻全国的七星岩可与之媲美；虽然还不及宝鸡申新纱厂的窑洞工厂那么大。这是即将落成的，是个以群山为墙占地达五千亩的大水泥厂。

这样的厂与这样的山，结合得如此美妙，这对于参加过前年峨眉山化学会年会，与去年兰州工程师学会年会的人们，今年坐了火车来桂林参加工程师学会年会，都会是一种新鲜。就是盟国人士，也乐于摄影寄回国内。

所以，如果说“桂林山厂甲天下”，一点也不算夸张。

上段文字里说到的水泥厂，作者专门有一段话谈论：

> 桂林水泥厂的建立，更生动地说明了我们工程师的独创力与适应力。这个水泥厂在战前就开始筹备，自德国订购机器运回。但欧战发生时仅到了整套机器的三分之二。机器和小零件用着自飞机以至挑夫自香港及广州湾搬运进来。停顿了一个时期后便在桂林一个大岩洞中动工建厂。

桂林当时有些什么工厂呢？据祚慈《西南抗战的中心桂林》一文，可以知道，当时的桂林，较大的工厂有中央无线电机制造厂、广西纺织机械工厂、中央造币厂、中央铁□厂、中国汽车制造公司、桂林修炮厂、经济部中国植物油料厂、资源委员会电工器材厂、绥署交通机械工厂、航委会第一修理工厂，等等。

阅读这些文章，我有一个愿望，就是希望能找到当年那些容纳了这些工厂的桂林的山和山洞。比如，当年的无线电厂、水泥厂、造币厂是在哪些山中？在哪些山洞中呢？

《桂林山厂甲天下》发表于《科学知识》1943 年第 1—4 期的"欢迎工程师年会特刊"，虽然我只在这篇文章里读到"桂林山厂甲天下"的说法，但我觉得这个说法很值得认同。"桂林山厂甲天下"，那么，桂林那些山里或者山洞里的工厂，有哪些创造发明值得一提呢？在这一期的《科学知识》上，我们还可以读到如下信息：

广西企业公司请李国良及沈基研究制造制钉机，已告成功，诚工程界一大贡献。

浙江省主席黄绍雄，从政之余喜研究科学，已有发明物十余种。去岁发明密码机一种，可用有线电或无线电通报，对军事通讯有非常效用。现桂林中央无线电厂已代为试制成若干部，开始试用矣。

桂林中央无线电厂，发明手摇无线滤波机一种，系应用于手摇机发电上以滤去电压中之交流成分者，经济部予以专利五年。

广西唐德贤与张玉成、李灼华、唐寿□等自制电话机，已告成功。

桂林中央电工二厂朱尚华，发明绝缘灯头一种，系以黏土、长石、火石与解石等烧成。经济部予以新型专利五年。

某集团军杨副官曾发明木牛，桂省特派员研究改良，现已告成，拟以图样分发缺牛县份仿造推行。

桂林中央无线电厂发明皱纹漆，试验结果良好，用途颇大，资源委员会特予奖励。又发明裂纹漆一种。该油漆系该厂化学室张连华悉心研究之结果。

这些都是当年桂林工业界的发明创造。我相信如今绝大多数桂林人都没有听到过“桂林山厂甲天下”这种说法，更不知道桂林工业界在抗战时期有过如此多的创造发明。虽然“桂林山厂甲天下”只是一个战时现象，随着战争的结束，绝大多数工厂就像当年生活在桂林的文化人一样离开了桂林,然而,我仍然希望人们像记住“桂林山水甲天下”一样记住“桂林山厂甲天下”,从而知晓桂林文化城不仅为中国抗战提供了巨大的精神力量,而且也为中国抗战提供了科学技术这一巨大的物质力量。

20 世纪 30 年代的桂林花桥

2016 年 10 月 26 日，根据白先勇小说《花桥荣记》改编的话剧《花桥荣记》在桂林市临桂区桂林大剧院首演，好评如潮。一时间，桂林花桥和桂林米粉成为桂林市民热议的话题。

桂林花桥是桂林城区东西方向中轴线上的一座石拱桥，初建于南宋嘉熙年间，故原名嘉熙桥。人们从桂林市中心十字街沿解放东路东行数百米，过解放桥，往前继续走两三百米，即至花桥。

花桥在漓江东岸，七星山（由普陀山四峰和月牙山三峰组成）西面，凌驾于漓江支流小东江之上，与七星山、小东江构成一个景观整体。桂林城区石拱桥不少，但廊桥仅此一座。花桥分水桥和旱桥两部分，水桥五孔，旱桥六孔，合十一孔。从月牙山腰回首北望，可见小东江北向南流，河岸繁花似锦，廊桥四孔倒映小东江，状如满月，成就桂林一大名胜“花桥虹影”。至今，月牙山龙隐洞还保存有宋代方信孺诗三首，其中一首为：

雨脚初收鱼尾霞，满溪流水半溪花。
寻源曾识武陵洞，泛宅如浮水云家。
但得嵌空元有路，何妨峭绝不容车？
道人辛苦经年客，成塔从来是聚沙。

“满溪流水半溪花”通常被认为是花桥下面小东江的风景写照，也被认为是花桥得名来由。此诗写于1216年，张仁胜话剧《花桥荣记》写于2016年，首演于2016年，与方信孺的花桥诗创作时间整整相距800年，实为一有趣的巧合。

小说《花桥荣记》写于1970年，当时白先勇在美国加州大学圣塔芭芭拉校区任教。白先勇1937年出生，1944年离开桂林，1963年离开台湾，小说《花桥荣记》中的花桥，来自他7岁前，也就是1944年以前的童年记忆。童年时代的白先勇住在桂林东镇路叠彩山附近，他上的中山小学即如今的中山中学，校门开在正阳路上。白先勇所写的桂林题材的小说仅两篇，分别是《玉卿嫂》和《花桥荣记》，两篇小说都突出地写了花桥，可见花桥在白先勇童年的脑海里留下了深刻的记忆。

20世纪30年代可以说是民国时期广西的“黄金十年”。1930年，新桂系开始建立民团制度；1931年黄旭初任广西省政府主席，新桂系开启“李、白、黄”时代；1932年创办广西省立师范专科学校；1933年公布《广西特种教育实施方案》，颁布《广西普及国民基础教育五年计划大纲》;1934 年颁布《广西建设纲领》……种种措施表明,广西进入了"建设时代",成为当时众人称赞的"模范省"。

也正是这个时期,因为"模范省"的声誉,许多有识之士,或团体、或个人,来到广西考察、观光,研究广西的建设成绩,游览广西的美妙风光,留下了不少考察观光的文字。那么,20 世纪 30 年代的桂林花桥究竟是什么样子?本文检索当时文献,寻觅有关花桥的记录,罗列如下。

1932 年,有两个广东的团体先后游览了桂林,它们是五五旅行团和广州青年会组织的广西旅行团。五五旅行团游桂时期是 1932 年 5 月,他们留下了一本《桂游半月记》;广西旅行团游桂时间是 1932 年 8 月,其中团员林伯钧留下了一本《桂游鸿雪》,两书皆有关于花桥的记录。

五五旅行团的记录为:

> 十二日晨,仍大雨,出水东门,过浮桥,桥以船五十艘联结为之,不半里至花桥。花桥为九孔巨制,建于明代,疑昔时漓江或径经其下,故有些大建筑。今则桥下水半浅涸矣。桥下为售马蹄墟市。①

《桂游半月记》不仅留下了关于花桥的文字,而且留下了四幅花桥的照片,分别为花桥(一)、花桥(二)、桥下之马蹄(即荸

---

① 五五旅行团:《桂游半月记》,第 29 页。

荠)市场和花桥风物。可见花桥是当时桂林最重要的摄影题材。

《桂游半月记》这段关于花桥的文字有一个信息错误,即“花桥为九孔巨制,建于明代”,实际上花桥为十一孔巨制,最初建于宋代,明代重建。

1932 年 8 月 22 日,广西旅行团游览白龙洞、观音岩、刘仙岩、开元寺、云峰寺、龙隐岩、普陀山、隐真岩、七星岩、月牙山一系列景点。《桂游鸿雪》中关于花桥的记录为:

道经花桥,闻桂林马蹄最有名,而花桥为尤著,询之,则花桥只为马蹄之聚处,其出处则为卫家渡。但区区一隅,所产无几。土人多收为亲友赠品。甚少有售出者。至花桥之来历,据林所长言,则谓前时某将军之女,捐其奁资所建者云。①

1934 年 2 月,南海崔龙文(孟虬)在游历了粤北之后,意犹未尽,作桂林之游。崔龙文游桂林有三个目的:一详查交通状况,二实考桂林气候,三游览甲天下之山水。

过桥行里许为花桥,桥石筑,跨小河上,有孔十一,塞以板,故骤观之,仅见九孔,桥长二十余丈,工作精巧,不知建于何年,度之最少亦千数百年物,而石色甚新,洵钜构也。桥面上建长亭,约十余丈,可蔽风雨,桥下大半干涸,卖马蹄

① 卢湘父:《桂游鸿雪》,第 35 页。

者，卖菜者，麇集于是。[①]

崔龙文观察细致，他发现花桥有孔十一，这在当时的游客中确乎少有。

1934年5月，中华书局总经理陆费逵到香港，以“近年广西政治改良、教育革新，进展之速，一日千里，中外观光者咸称为今日中国之模范省”为由，建议岭南教育家、香港中华书局经理郑健庐赴梧州公干之余乘便考察广西省政治教育状况。当月，郑健庐即有长达一个月的广西之行。6月3日，他游览了象鼻山、花桥、普陀山、七星岩、月牙山、龙隐岩、伏波山、叠彩山、木龙洞、虞山等桂林名胜。关于花桥，他有如下两段记录：

天柱桥为九孔巨制，旧名嘉熙桥，俗称“花桥”。桂林风景所谓“花桥烟雨”是也。东崖有小山，平坡突起，高约五六尺，大可五十围，形如础柱，故名天柱。为明景泰七年知府何永全所建，架木为桥。嘉靖十八年倾圮，靖江安肃王徐妃，出内币，易木为石，曲栏环绕，履道坦平。清朝以后，历有重修。光绪十八年湖南黄兴科增建桥上两亭。昔漓江支流径经其下，名小东江，湍激汹汹，行者多望洋之叹。实东郭要津，故有此大建筑。今桥下水半涸浅，积淤日高，已为售荸荠马蹄圩市。桥上石碑，竖立成列，皆纪历次重修事实。有清李绂劝农过花桥诗云：“一雨东郊野色遥，劝农小

① 崔龙文：《粤北纪行·桂林游记全编》，第36—37页。

队度花桥。水田稻叶深如许，耘女连畦绿过腰。霓旌小住戒无哗，爱看村庄近水涯。惟有春归农事急，花桥才剩两三花。桑麻鸡犬故园情，饷妇耕夫作队行。莫把宦情比农事，夕阳如雾小桥明。江城宛宛倚晴江，水色山光杳霭中。记取劝农归路好，花桥西去小桥东。”亦足纪其胜景也。[1]

游览既毕，取道花桥旁登岸。桥边售物者，高竖大油纸伞，以蔽日光，其大可容十余人，排列成阵，颇为奇观。

这两段文字颇为详实。第一段提到“桥上石碑，竖立成列，皆纪历次重修事实”，这个细节值得重视，因为如今花桥附近似乎没有类似记载。而如果能恢复类似石碑，自然能彰显桂林历史文化名城的文化内涵。第二段文字是当时的风俗描写，算是留下了当时桂林的人文记忆。

仍然是1934年，一位名叫俞心敬的作者，写了长篇散文《桂林山水纪》，在《旅行杂志》连载，其中有关花桥的文字如下：

循水东街东行，可里许，有漓江支流，萦周七星山前，石梁架其上，曰嘉熙，俗名花桥。明景泰间知府何永全建，初名天柱，以桥之东埦有石平坡突起，高约五六丈，大可五十围，形如础柱，故以天柱名桥。明清二代屡有修葺，延袤约二十寻，曲栏周市，履道平坦，人行桥上，则见七星诸峰，近在咫尺，绿松翠壁，片片扑入眉宇。邑闺阁朱镇《花桥》诗曰：

① 郑健庐：《桂游一月记》，第108—109页。

石桥东郭外，近市转清幽。
树影分樵路，山光压酒楼。
几村临岸见，一水抱城流。
花事今朝歇，春波泛白鸥。①

文中转录这首朱镇的《花桥诗》，我在其他文献中未曾见过。

1935年6月下旬，恽荫棠参加中国工程师学会广西考察团，由汉入湘，于7月19日入梧州。在桂勾留一月，西南到龙州镇南关外，东北至兴安及富贺钟矿区，考察所及，成日记二册。其间，1935年8月2日，他经过花桥，日记写道：

渡河经訾洲到花桥。桥分二部：一部五孔，桥下流水，桥上长廊，惜为黑瓦，宜改黄琉璃，以唤起游人色彩之美感，补救山石苍黑之缺憾。桥之又一部，四孔，无水，桥洞中为村妇卖马蹄（即荸荠，桂林名产）之市场。桥前惜无大树映盖，所谓花桥景物，未免萧条寡色。过桥吃米粉，亦名品，味尚好。迤逦上七星山之普陀岩，门联："心居明月，门近栖霞。"盖其下有栖霞寺，已破败矣。②

这段文字，表明当年花桥长廊顶为黑瓦，恽荫棠提出宜改为

① 俞心敬：《桂林山水纪》，《旅行杂志》1935年第10期。
② 恽荫棠：《桂林山水书所见》。

黄琉璃。另外,他提到过了花桥后所吃米粉为名品,可见当时花桥附近确有米粉店。如此,白先勇写《花桥荣记》,或有所本?

1935 年 8 月,邵雨湘参加在南宁召开的工程师学会年会,8 月17 日到达桂林,19 日游览虞山、普陀山、月牙山,留下关于花桥的如下文字:

> 早餐后,随团出正阳门,经水东门,浮桥为水涨冲断,遂分批用舟渡涉。经一小市集而至天柱桥,俗称花桥,桂林风景之“花桥烟雨”,即指此也。桥凡九孔,桥面半截覆以屋面,建筑甚伟。东崖有小山,实则大石一块,平地突起耳,高约寻丈,大可十围,上附藤萝,蔽芾簇沓,宛然盆景。桥下水已半涸,积淤日高,马蹄(荸荠)市场,即设于是,亦一奇也。①

1937 年 2 月 23 日,铁路工程师凌鸿勋由武汉乘车到衡阳,适值广西省政府主席黄旭初由桂林抵衡,交谈中得知广西省政府正请中央速筹筑湘桂铁路,俾与粤汉干线相接,黄旭初希望凌鸿勋能赴桂一行。2 月 28 日,凌鸿勋从衡阳乘车到桂林,3 月 2 日在建设厅长韦云淞的陪同下游览普陀、月牙诸山,留下关于花桥的如下文字:

> 因同出水东门,步过浮桥,中经市镇,而至花桥。花桥本名天柱桥,为石砌巨制。明景泰七年始创为木桥以通两

① 邵雨湘:《粤桂纪游》,《旅行杂志》1936 年第 11—12 期。

岸。靖江王时,易木为石。历代重修,并于桥上增建雨亭,至今花桥烟雨为桂林胜景之一。①

1937 年,广西省会已经迁回桂林。比较 1935 年邵雨湘的描写,浮桥与花桥之间为一小市集;凌鸿勋的描写,浮桥与花桥之间为市镇。小市集和市镇,一年半时间,浮桥与花桥之间,热闹程度迥异。

随着全面抗战的爆发,花桥西面的市街变得更为繁荣,请看如下沈翔云的描写:

对岸的名胜很多,走过浮桥,登了岸,再穿过一条热闹的市街便是“花桥”。花桥是一条大石砌成的桥,没有浮桥长大,特别之处,就是桥顶有瓦盖着,远望好像吊楼一样。桥下流水很浅,有一部分沙滩已成为“荸荠市场”。桥头有两丈多高的巨石数块屹立着,石的隙缝间生长许多芙蓉花,所以名之曰“芙蓉石”。②

如今,十一孔石拱花桥犹在,芙蓉石犹在,桥下荸荠市场不再,花桥附近米粉店不少,但无一家店名“花桥荣记”。

---

① 凌鸿勋:《桂林山水》,《旅行杂志》1937 年第 5 期。
② 沈翔云:《桂林山水》,《万象》1943 年第 8 期。

后 记

我阅读过许多抗战桂林文化城亲历者写的回忆文章或者研究者写的研究文章，从中获得不少有关当年文化城的概貌性或者细节性的认识，但我深知这种认识是有局限的。2013年，我开始进入到当年的历史文献，从当年的图书、报纸和期刊上的文章了解这座曾经影响深远的文化城。除了历史文献的深入阅读，我还有一个便利处，那就是我生在桂林、长在桂林，对桂林近数十年的城市变迁有亲历的认识，也可以较为方便地向那些亲历过文化城的前辈请教，比如赵平先生，比如朱袭文先生。虽然有的先生如今已经离我们而去，但他们的述说给予我于书本之外对这座城市的感性的认知。

这本书只是我关于“抗战桂林文化城”数十万文字中的一小部分。迄今为止，我尚无能力对“抗战桂林文化城”进行某些结论性的发言，只是采用那些当年的纪实文字和亲历者的回忆文字去想象和描述那个距今70多年的城市、距今70多年的人物和距今70多年的往事。那些往事和人物虽然曾经被桂林这座城市所容纳,却不会被桂林这座城市所局限。因此,我想说,不要以为我们书写的只是一个城市,其实,我们书写的是中国,是中国在某个特定岁月中的一个侧影。

感谢张俊显先生对此书的推荐,需要说明的是,本书书名亦为张俊显先生所赐。感谢罗财勇先生对此书的接纳。感谢孙晓芳女士对本书的编辑。希望这本书能得到读者的喜欢,不辜负他们为此书付出的劳动。

黄伟林

2017年9月27日于南宁饭店